名家笔下的中国老城市丛书

名家笔下的老合肥

总 主 编　张祖庆
主　　编　柏玉萍　陆广平
副 主 编　许华清　李昕苒
编　　委　宋梦奇　余佳琪　陈　菲
　　　　　闪海兰　储玲琳　李钰琳
　　　　　方　琼　马　珍　李朱红
　　　　　鲁梦琦　许元珍
朗　　诵　柏玉萍

济南出版社

图书在版编目（CIP）数据

名家笔下的老合肥 / 柏玉萍，陆广平主编 . -- 济南：济南出版社，2025.7. -- （名家笔下的中国老城市丛书 / 张祖庆总主编）. -- ISBN 978-7-5488-7436-2

Ⅰ . I267

中国国家版本馆 CIP 数据核字第 20259M5D62 号

本书部分文字作品稿酬已向中国文字著作权协会提存，敬请相关著作权人联系领取。
电话：010-65978917，传真：010-65978926，E-mail：wenzhuxie@126.com。

名家笔下的老合肥
MINGJIA BIXIA DE LAOHEFEI
柏玉萍　陆广平　主编

出 版 人　谢金岭
图书策划　赵志坚　刘春艳
责任编辑　赵志坚　李文文　姜　山　刘春艳
封面设计　谭　正
版式设计　刘欢欢
封面绘图　王桃花

出版发行　济南出版社
地　　址　山东省济南市二环南路 1 号（250002）
总 编 室　0531-86131715
印　　刷　济南新先锋彩印有限公司
版　　次　2025 年 7 月第 1 版
印　　次　2025 年 7 月第 1 次印刷
开　　本　170 mm×240 mm　16 开
印　　张　8
字　　数　100 千字
书　　号　ISBN 978-7-5488-7436-2
定　　价　35.00 元

如有印装质量问题　请与出版社出版部联系调换
电话：0531-86131736

版权所有　盗版必究

序

每座城都是一本书，每本"城书"都有其独特的精神气质。

生于此城，长于此城，你便与城融在一起，成为城的细胞。城的性格脾气就是人的性格脾气。城与人，相依共存。

一座有生命的城，少不了市，故曰"城市"。

城市于人的成长是烙印式的。无论你身在何处，永远不能忘记的是家的味道、城的气息、城的日常。我们怀想它，念叨它，也常会在某个时间点，因见到所居城市的一处景、一个人，甚至一株菜而深情满怀、热泪盈眶。作家池莉在回忆家乡武汉的菜薹时写道："我对菜薹是情有独钟不离不弃到即便它们老了也要养着，花瓶伺候，权当插花……看花时，总不免心生感慨：菜薹噢菜薹，你是我对武汉最深的眷恋。"

每一座历经千百年的城市，都是一条生命涌动的长河，于风云变幻间，留下吉光片羽。

一座古老的城市，值得我们细细品读。从显处读，可以是让游人赏心悦目的湖光山色，也可以是令吃客垂涎欲滴的特色美食。但是，仅读这些还不够，我们还要走进城市深处。风采卓绝的人物要读，深厚的文化底蕴要读，明亮的人文精神要读，这样才能走进一座城市的灵魂。

可是，谁敢说，我们真正读懂了我们所生活的城市？谁又敢说，我们真正触摸到了城市的灵魂？可能，在喧嚣的城市里，孩子还没有静静凝视过家门前那条不知源头的河流，没有留心觉察过城市中不断冒出的楼宇，没有仔细聆听过城市发展的滚滚车轮声。甚至，有这样一种情形——生活在南京的孩子不知道石头城的历史，生活在苏州的孩子没听过评弹，生活

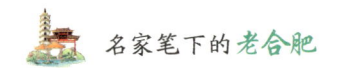

在西安的孩子没了解过秦岭的前世今生……

不得不说，这是生命成长中的小缺憾。

中国有个性、有魅力、有文化的城市何其多也！若是有一套中国城市的读本，以名家的文字为城市代言，纵览历史发展脉络，横看现代文明景观，让青少年读者从书中读城市的古今面貌，用脚步触摸城市的现实温度，那该多好啊！我的倡议得到各地名师的积极响应，大家一拍即合，快速行动。我们希望，经由这套书，每位大小读者都能从自己所居之城开启城市阅读之旅，了解城的古今，梳理城的脉络，以城为荣，以城为傲。

人是城市的核心因子。人和城市的相处方式有很多种，阅读城市，理应成为重要的一种。以中小学生喜闻乐见的方式打开城市阅读之门是我们的编写初心。通过阅读名家优秀的文学作品，让孩子建立对城市的文化印象，让城市发展脉络及精神气质化入孩子的生命成长中。

经多次讨论，我们最终把这套书命名为"名家笔下的中国老城市"，初定二十个老城市，分别为北京、上海、杭州、南京、武汉、西安、济南、天津、成都、重庆、绍兴、厦门、苏州、福州、合肥、广州、洛阳、开封、镇江、淮安。"老城市"就是有悠久历史、灿烂文明、独特意蕴的城市，老城市都是有故事的城市。读者能从书中感受到厚重的城市文化与个性迥异的时代特质。城市不分大小，大城有大城的宏伟，小城有小城的韵味。

为城市编书代言，我们深知其中的艰辛。一本小书难以概括一座城市的全貌和气质。尽管如此，我们还是愿意倾尽全力。我们组建了一支有深厚的文化学识和城市情怀的编写团队，他们多是在全国有影响力的特级教师、正高级教师、一线名师。有的名师为了在书中呈现更立体多元、经典可读的城市风貌，通读了几百本相关图书，仍觉得不够；有的名师对"老城市"的"老"做了精准的解读，对丛书的助读系统提出丰富的设计框架；有的名师带领他的"学霸"团队，利用节假日，走进博物馆、图书馆，做了大量的文献检索……毫不夸张地说，每个城市的编者都经历了艰苦的"前阅读"。

然而，写城市的文章太多了，选几十篇编入书中，可谓是沙里淘金，且一定遗珠多多。选择什么样的文字呢？经过几番讨论，数易方案，渐渐地，编写组达成共识。我们发现，读城有迹可循。编写团队做了这样的梳理：

1. 依循城市纵横交错的线索，确定框架。为打捞丢失在历史尘埃中的城市老时光，我们做了一番细细耙梳、反复筛选的工作，再沿着"纵""横"两条线索将占有的资料以主题单元的方式呈现。"纵"即城市的历史沿革、发展脉络；"横"就是城市当下的多面向文化叙事，包含景观、习俗、人物、美食、童谣等。这样编排，既有历史的纵深感，又有现实的亲切感，丰富博大的城市概貌就有可能浓缩在一本小书中。

2. 充分考虑读者对象，精准定位选文方向。本丛书的主要读者是中小学生，兼顾其他年龄段读者，所选文章多是可读性、文学性俱佳的名家作品。很多写城市的书只是给大人看的，客观介绍一座城市，文字也不够浅近，孩子难免会觉得枯燥。从这个意义上来说，这是一套定制版的城市文学读本，这一特色让本套丛书有别于其他城市主题的书。

3. 让"行读城市"成为一种新的生活方式。读城市，最终要走到城市中。本丛书有一个重要的编写思想，那就是跟着编者行读城市。二十个城市读本中，有的将研学作为一个单独章节，有的则将其融合在各个章节中。无论采用哪种形式，小读者们都能从书中读到书外。一本书就是一座城的博物馆"入场券"，儿童（或成人）经由这张"入场券"，走进城市文明深处。

以《名家笔下的老武汉》为例，我们来一睹老武汉的城貌——全书分为八个章节，从《日暮乡关何处是》到《踏破铁鞋无觅处》《忙趁东风放纸鸢》，将江湖武汉、火辣辣的武汉、因爽而快的武汉生动地展现给读者。每一章都有"导读""群文探究"，每一篇都有"读与思"。读一本书，仿佛在与城市对话、与编者交谈，读者可带着憧憬之心、探究之趣在城的古今穿梭，在城的南北畅游。

编者刘敏动情地说："二十年前，我在武汉读大学。如今，我拖儿带女留在武汉,安居乐业。多少次,我漫步于夜幕中的长江大桥,和灯火一起微醺;多少次,我在汉口江滩,寻觅百年的沉浮……"

不只是武汉,每一座城都值得用心去读。《名家笔下的老西安》编者王林波老师的感言,说出了所有编者的心声:"三年多的时间里,我们走街串巷地亲历感受,我们翻阅文献广泛搜集筛选,我们对话作者深度访谈。一切的努力,只是单纯地想为你——亲爱的读者呈现最适合的老城市。"

我们有理由相信,这是一套真正的精华读本。读者站在名师深读的肩膀上鸟瞰城市,深入城市的叶脉、根系,享受读城的步步惊喜,体验读城的无穷乐趣。

亲爱的读者朋友们,"名家笔下的中国老城市丛书"是一座开放的城堡,我们将不断寻觅,让这个城堡的成员更丰富,文化更多元,视野更开阔。我相信,你们的阅读也必然是开放的——读城市的文学、文化、文明,读城市的传说、市井、烟火,读城市的性格、秉性、气质,读城市的人、事、景……自己读,和爸妈、老师一起读,走进城市博物馆,实景考察,深度研学;不仅读"我的城",还要读"他的城",因为这都是"我们的城"。

再次翻阅一本本书稿,我心中感奋不已。我仿佛又一次和编者朋友们一道,穿行一座座古城,漫步一条条大街,走进一处处深宅,聆听古老钟声,触摸历史心跳。

人在城中,城在心里;一眼千秋,千秋一卷;一卷一城,读行无疆。

于杭州谷里书院

爱上合肥，恋上一座城

合肥之名最早源于《史记》。当司马迁在竹简上写下"合肥受南北潮，皮革、鲍、木输会也"时，这座城市便注定要在时光长河中成为文明的渡口。两千年岁月更迭，八百里巢湖波澜，合肥始终以温润的姿态，将历史的厚重与未来的希望编织成一幅幅绚丽的画卷。

翻开这幅画卷，两千多年的风尘扑面而来。在巢湖西岸的三河古镇，青石板路蜿蜒如带，每一道车辙都依稀响着春秋时期的马蹄声。战国时楚庄王在此筑城，三国张辽的叱咤风云至今回荡在逍遥津的碧波之上。包公祠的廉泉井水依然清冽，见证着包拯"清心为治本"的誓言。李鸿章故居的青砖黛瓦间，仿佛还能听见洋务运动的号角……从商汤放桀于南巢的传说，到淮军将领的金戈铁马，合肥的历史不是博物馆里的陈列品，而是融入城市血脉的文化基因。从小小的县治到如今的省会城市，合肥在历史的长河中不断沉淀。每一处古迹，每一条老街，都是她岁月的勋章。

走近她，徜徉在诗情画意的图卷中。环城公园如翡翠项链环绕老城，包河的荷花映照着清风阁的飞檐；天鹅湖的晚霞染红天际，岸上的摩天大楼与水中的倒影相映成趣。雨后初霁的清晨，大蜀山的云雾缭绕如仙境，登山远眺，整座城市在晨光中苏醒，宛如一幅水墨丹青。浮槎山，林木葱郁，四季宜人，漫步山中，听鸟鸣婉转，闻花香馥郁，仿佛置身于世外桃源，尘世的喧嚣皆被抛诸脑后。巢湖，八百里水域浩浩荡荡，水天相接处，帆影点点，波光粼粼，似是大地遗落的一颗明珠，滋养着这片土地。

认识她，诸多往事便向你娓娓道来。包拯，这位铁面无私的清官，他的刚正不阿、清正廉明，成为正义的象征，千百年来为人敬仰，包河的清风似乎还在诉说着他的故事；李鸿章，虽在俗世的洪流中备受争议，但他参与晚清内政外交近四十年，创建淮军、兴办洋务，对近代中国的发展有着深远影响；刘铭传，首任台湾巡抚，在中法战争中击退法国舰队，为台湾的近代化奠定基础，被誉为"台湾近代化之父"……他们从合肥走出，在历史的舞台上留下了浓墨重彩的一笔。

恋上她，一座"科里科气"的创新之都正展露雄姿。科技创新的浪潮在这里澎湃，高新技术产业如雨后春笋般崛起。当清晨的第一缕阳光洒在科大硅谷的玻璃幕墙时，讯飞星火大模型正在进行新一轮的迭代训练；新能源汽车生产车间里，机械臂精准舞动，智能生产线高效运转；合肥新桥机场的国际航班穿越云海，中欧班列满载"合肥智造"驶向欧亚大陆……政务新区的高楼大厦鳞次栉比，展现着现代化都市的风貌；滨湖新区"襟三河而带一湖"，区位优势明显，发展前景广阔。合肥，已不再是记忆中的小城，已然成长为大湖名城、创新高地。

站在渡江战役纪念馆的广场上，看着巢湖的浪花涌向天际，天边的月光分外皎洁。古人今人若流水，共看明月皆如此。当庐州月再次洒向脚下的古城，包河的莲花正在悄然绽放。合肥正以更加开放的姿态，迎接属于自己的星辰大海。

目录 MULU

第一章 淮右拾遗

2 　同吴王送杜秀芝赴举入京 / ［唐］李　白
3 　立春日道中短述 / ［明］王守仁
4 　到了合肥 / 张恨水
6 　皖南一到·草木 / 汪曾祺
7 　别稻香楼 / 季羡林
10 　◎群文探究

第二章 湖天胜境

12 　登巢湖圣姥庙 / ［唐］罗　隐
14 　巢湖图诗（其一） / ［清］石　涛
16 　湖上七绝 / ［清］李鸿章
17 　大姆记
　　　　——因食龙肉陷巢湖 / ［宋］刘　斧
20 　有湖的城市 / 徐　迅
25 　蜿蜒的巢湖岸线 / 潘小平
29 　◎群文探究

第三章 包公故里

32 　书端州郡斋壁 / ［宋］包　拯
33 　游香花墩谒包孝肃祠 / ［清］宋　衡
35 　重修包孝肃祠记 / ［清］李鸿章
38 　包公祠 / 张恨水
40 　忆包河 / 何振邦
43 　◎群文探究

第四章　三国故地

46　过庐州 /［宋］朱　服
47　过周公瑾墓 /［清］张树声
48　张辽威震逍遥津 /［明］罗贯中
52　逍遥津 / 张恨水
54　明教寺 / 张恨水
56　藏舟浦 / 刘应芬
59　◎群文探究

第五章　庐州山水

62　游四顶山 /［唐］罗　隐
64　蜀山雪霁 /［元］李　裕
65　浮槎山水记 /［宋］欧阳修
69　南淝河，穿合肥城而过 / 王张应
73　◎群文探究

第六章　姜夔与庐州

76　淡黄柳 /［宋］姜　夔
78　鹧鸪天·元夕有所梦 /［宋］姜　夔
79　送范仲讷往合肥三首 /［宋］姜　夔
81　赤阑桥畔忆姜夔 / 钱立青
85　◎群文探究

第七章　庐忆巷陌

88　南墙北篱 / 丁晓平
92　倒七戏 / 张恨水
94　庐　剧 / 胡竹峰
97　豁牙巴 / 合肥童谣
98　◎群文探究

第八章　合肥食光

100　合肥菜赋 / 裴章传
102　美食为重 / 钱红丽
105　寻味合肥 / 张　健
108　味至浓时即家乡 / 文　贞
112　◎群文探究

研学活动：探寻合肥名人故里

第一章　淮右拾遗

庐州月下碧波漾，古今世事与君说。

　　合肥，江淮首郡，因两条古河——东淝河与南淝河在此交汇而得名。合肥古称庐州、庐阳。自秦朝置县，便开启岁月长卷，留下诸多文人雅士的足迹。李白曾漫步于此，留下动人诗篇；张恨水也曾游览合肥名胜，为这座城留下别样的人文气息……这些往昔故事，串联起合肥悠久的历史，让后人得以透过岁月触摸这座城市的文化脉络。

扫码立领
★ 名师朗读
★ 美文微课
★ 城市印象
★ 老城记忆

名家笔下的老合肥

同吴王送杜秀芝赴举入京

◎ [唐] 李 白

秀才何翩翩，王许回也贤。
暂别庐江守，将游京兆天。
秋山宜落日，秀水出寒烟。
欲折一枝桂，还来雁沼前。

读与思

"欲折一枝桂，还来雁沼前"运用了"折桂"和"雁沼"两个典故。"折桂"一词比喻科举及第，这里表达了诗人希望杜秀才在科举中取得成功；"雁沼"原指汉梁孝王兔园中的雁池，此处代指吴王府宅，表达诗人期待杜秀才科举及第后再回吴王府邸相聚，共叙友谊。

立春日道中短述

◎ [明] 王守仁

腊意①中宵尽，春容②傍晓③生。
野塘④冰转绿，江寺雪消晴。
农事沾泥犊⑤，羁怀⑥听谷莺。
故山梅正发，谁寄欲归情？

注释

①腊意：腊月的寒意。
②春容：春天的景象。
③傍晓：拂晓时分。
④野塘：野外的池塘。
⑤泥犊：泥地上牛犊的足迹。
⑥羁怀：羁旅之人的心怀。

读与思

　　这首诗是明代著名思想家、文学家王守仁在立春日赴合肥途中所作。立春是二十四节气之一，象征着春天的开始，人们会在这一天举行各种庆祝活动。王守仁在这首诗中记录了他在旅途中的所见所感，表达了他对春天到来的喜悦和对故乡的思念之情。

到了合肥

◎张恨水

车子八点二十分行,经过平畴,远远地看去,东南角上有青山一列,界住天脚,已是带些江南风味了。车子行百余里,已经入合肥境界。两旁一望,田地已分阡陌,不像北方,山野田地相通,很少地外又筑田埂的。此间田地既分了田埂,所以较高的地方都有了池塘。池塘之下,水田不断,庄稼均已插秧(时阳历六月十二日)。唯水田中间,往往还有干地。所有村庄,都含有皖西北意味。一个村庄,约有三五十家。人家之外,均觉树林葱茏。唯有一点,大大异乎江南。不但是异乎江南,沿江各县,也不是一样。就是这里人家,十分之九,均系稻草铺屋。合肥虽然是有名的地方,但稻草铺屋,尚系未改。

车行十二点二十分,已抵合肥。合肥,现在已经改为省城,人口有四十多万。从前的合肥,不过三四万人,一九四九年以后加多,真是蒸蒸日上。城墙已经拆除,有几条马路横贯南北。市上盖的房子非常之多,一两年后,草盖民房将以瓦房代替,那时合肥更好。我顺着马路一直找,找到我二伯父生下来的大哥张东野家,就住在他家。

到了次日,我的大兄带我去拜访了一些久别的亲友。关于合肥可以留恋的名胜,一曰逍遥津,二曰明教寺,三曰包公祠。

(本文选自《京沪旅行杂志》,有删减)

读与思

　　张恨水先生笔下的合肥还是一个小城，城内城外大部分是稻草铺屋。几十年前的屋子，屋顶上铺着厚厚的稻草，外墙贴着整齐的麦秆。如今，这样的老房子已经成了记忆里的风景。时间的洪流不断向前，万物都在不停地变化，如今的合肥早已是一个高楼鳞次栉比，常住人口总量已突破了一千万大关的大城村。时代巨变，相信合肥的未来会越来越好。

皖南一到·草木

◎汪曾祺

合肥菊花很好，花大，棵矮，叶肥厚而颜色深。招待所廊前所放的菊花都可称为名种。金寨路边有卖菊花的摊子，狮子头、绿菊、金背大红，每盆均索价三元。这样的价钱在北京是买不到的（我想还可以还价）。大概合肥的土质、气候与菊花很相宜。

合肥多冬青树，甚高大，紫灰色的小果子累累结满一树。出合肥，公路两侧多植冬青。以冬青为公路的林荫树，我在别的省还没有见过。自屯溪至黟县，路边尽植乌桕，通红的叶子。沿路有茶山、竹山。屯溪附近小山上有油茶，正纷纷地开着白花。问之本地人，云是近年所推广。有几个县大面积种植了油菜。大概安徽人是吃菜籽油的，能吃得惯茶油吗？

读与思

汪曾祺先生曾说："一定要爱着点什么，恰似草木对光阴的钟情。"他对生活怀着一份温暖的热爱，并将其投射到文字中，寄托在植物上。"草木之心"，是他的灵魂所在。他用独特细腻的笔触，描绘着世间的一草一木、一花一鸟。从他的文字中，我们能感受到生活是充满趣味的，能汲取无限的能量，放松心灵，感受惊喜。

别稻香楼

◎季羡林

九天以前，当我初来稻香楼的时候，我是归心似箭，恨不能日子立刻就飞逝过去，好早早地离开这里。我绝没有想到，仅仅九天之后，我的感情竟来了一个"根本对立"：我对这个地方产生了留恋之情，在临别前夕，竟有点难舍难分了。

稻香楼毕竟是非常迷人的地方。在一个四面环湖的小岛上，林木葱茏，翠竹参天，繁花似锦，香气氤氲。最令人心醉的是各种小鸟的鸣声。现在在北京，连从前招人厌恶的麻雀的叫声都不容易听到了。在合肥，在稻香楼，天将破晓时，却能够听到各种鸟的鸣声。我听到一种像画眉的叫声，最初却不敢相信，它真是画眉。因为在北方，画眉算是一种非常珍贵的鸟，养在非常考究的笼子里，主人要天天早晨手托鸟笼出来遛鸟，眉宇间往往流露出似喜悦又骄矜的神气。在稻香楼的野林中如何能听到画眉的叫声呢？可是事实终归是事实。我每天早晨出来在林中湖畔散步的时候，亲眼看到成群的画眉在竹木深处飞翔，或在草丛里觅食，或在枝头引吭高歌，让我这个北方人眼为之明，心为之跳，大有耳目一新之感了。

说到散步，我在北京是不干这玩意儿的。来到稻香楼，美丽的自然景色挑逗着我的心灵，我在屋里待不住了。我在开会之余，仍然看书；在看书之余，我就散步；在散步之余，许多联想，许多回忆，就无端被勾起来了。

那边长的不是紫竹吗？我第一次看到紫竹，也是在安徽，但不是在合肥，而是在芜湖的铁山宾馆里。当时小泓还在我身边。第二次看到紫竹，是在西安丈八沟，当时是我一个人，我也曾想到小泓过。现在是第三次看到紫竹了，小泓已远在万里之外。一股浓烈的怀念之情蓦地涌上我的心头，我的心也飞到万里之外去了。我万万没有想到，小小的几竿紫竹竟无端勾起我的思绪波动。

我这种感觉，古往今来，除了麻木不仁的人以外，大概人人都有，写入诗文的也不少。我自知它并不新鲜，可是我现在仍要把它写下来，其中也并没有什么深奥的意义，不过如雪泥鸿爪，让它在自己的回忆里留点痕迹而已。同时我也想借此提醒自己，眼前的每一分每一秒，不管是多么平淡无奇的每一分每一秒，都要珍惜，不要轻易放过。

别了，稻香楼！有朝一日，我还希望看到你。

（本文为节选）

读与思

　　小泓是谁呢？小泓是季羡林先生的孙子。这篇文章是季羡林1983年因工作需要来到合肥稻香楼国宾馆时所作。

　　稻香楼"林木葱茏，翠竹参天，繁花似锦，香气氤氲"，此般美景伴随着晨间清脆的鸟鸣声，对于久居城市的季羡林来说，宛如天籁之音。读完此文，我们不禁被季羡林与小泓之间的爷孙情谊所感动。我们应该学会珍惜身边的人和事，用心去感受生活中的每一个瞬间。亲情是我们永远无法割舍的情感纽带，无论时间如何流转，距离多么遥远，那份牵挂和思念都会深深地扎根在我们的心中，成为我们前行的动力和精神的寄托。

　　这篇文章不仅仅是一篇回忆性散文，更是一部关于人生、关于亲情、关于生活的启示录。在季羡林的文字中，我们感受到了生命的美好和情感的力量。在我们的人生旅程中，我们要发现生命中的每一次惊喜，珍惜生命中的每一种情感，感恩世界赠予我们的美好。

群文探究

1.合肥是一座既古老又年轻的城市。说古老，以合肥为中心的环巢湖流域，是中华文明的重要发祥地之一；说年轻，1952年，合肥才正式成为安徽省省会，是全省政治、经济、文化、信息、交通、金融和商贸中心。请你搜索资料，在下面的表格中填一填你对合肥的了解。

我对合肥的了解	
地理位置	
著名景点	
历史名人	
经典故事	

2.合肥，地处长三角腹地，是安徽省山川名胜与多元文化环抱的地理中心，襟江揽湖，连南接北，承东启西，是全国性综合交通枢纽，得大时地利之优势。请你找一找今天的合肥地图，画一画合肥的城市格局图。

第二章　湖天胜境

遥看巢湖金浪里，爱她姑姥发如油。

　　巢湖，这片位于安徽省中部的璀璨明珠，是中国五大淡水湖之一，以其独特的自然风光和深厚的文化底蕴吸引着无数游客。巢湖之美，美在它的水域辽阔，美在它的山峦起伏，美在它的林木葱郁，也美在它的生态和谐。接下来，就让我们一起走进这片美丽的地方，感受"八百里湖天"的魅力！

扫码立领
★ 名师朗读
★ 美文微课
★ 城市印象
★ 老城记忆

名家笔下的老合肥

登巢湖圣姥庙

◎ [唐]罗 隐

临塘古庙一神仙,绣幌①花容色俨然②。
为逐朝云来此地,因随暮雨不归天。
眉分初月③湖中鉴④,香散余风⑤竹上烟。
借问邑人⑥沉水事⑦,已经秦汉几千年。

注释

①绣幌（huǎng）：绣有花纹的帷幔。
②俨然：庄严、肃穆的样子。
③眉分初月：眉毛像新月一样弯弯的。
④湖中鉴：湖面如镜，映照出神仙的容貌。
⑤余风：微风。
⑥邑人：当地的居民。
⑦沉水事：指古代巢州城一夕之间陷落为巢湖的传说故事。

读与思

这首诗是作者隐居池州时北游巢湖后所作。该诗从古庙中庄严的圣姥入笔，描写圣姥有腾云驾雾之能却愿意留在巢湖，又以幽美的湖上风月来烘托圣姥的灵秀圣洁，最后通过巢州城一夕之间陷落为巢湖的传说进入"秦汉几千年"的无尽遐想。读了这首诗，你的脑海中出现了怎样的画面？你又联想到了什么？

巢湖图诗（其一）

◎ [清] 石 涛

百八巢湖百八愁，游人至此不轻游[①]。
无边山色排青影[②]，一派涛声卷白头[③]。
且蹈[④]浮云登凤阁，慢寻浊酒问仙舟。
人生去往皆由定，始信神将好客留[⑤]。

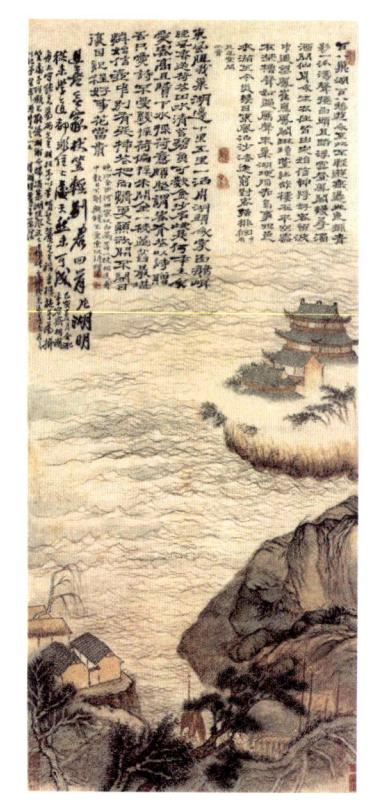

清代石涛《巢湖图》

注释

①不轻游：不轻易离开，形容景色迷人，让人流连忘返。
②青影：青翠的山影。
③白头：白色的浪花。
④蹈：踏着。
⑤好客留：留下客人。

读与思

画家石涛几次登临庙阁眺望巢湖，将所见所感凝于笔端，绘出了一幅气势磅礴的《巢湖图》。这幅图也是我国现存最早的描绘巢湖风光的传世名画。画上题诗四首皆为画家即兴所作，从诗中我们不难感受到石涛内心丰富的情感。找一找其他三首诗，放在一起比较着读一读，看一看这四首诗中的情感有何不同。

名家笔下的老合肥

湖上七绝

◎ [清] 李鸿章

巢湖好比砚中波①,手把孤山当墨磨。
姥山塔②如羊毫笔,够写青天八行书③。

注释

①砚中波:砚台中的水波。此处形容巢湖水面平静如砚台中的水。

②姥山塔:又名文峰塔,建于明崇祯四年(1631),当时仅成四层即辍工。清光绪四年(1878),李鸿章倡议续建,又成三层,共七层。

③八行书:古代书信的一种格式,泛指书信。

读与思

在古代文人墨客的笔下,巢湖的形象姿态各异。在这首诗中,诗人以奇丽的想象描绘了平静如画的巢湖水以及充满人文气息的姥山塔,表达了他对巢湖风光的热爱与赞美。读了这首诗,你对巢湖又有了什么新的认识呢?

大姆记
——因食龙肉陷巢湖

◎ [宋] 刘 斧

究地理，今巢湖，古巢州也。或改为巢邑。一日江水暴泛①，城几没。水复故道，城沟有巨鱼，长数十丈，血鬣②金鳞，电目赭尾③，困卧浅水，倾郡人观焉。后三日，鱼乃死。郡人脔④其肉以归，货⑤于市，人皆食之。

有渔者与姆同巷，以肉数斤遗⑥姆，姆不食，悬之于门。一日，有老叟霜鬓雪须，行步语言甚异，询姆曰："人皆食鱼之肉，尔独不食悬之，何也？"姆曰："我闻鱼之数百斤者，皆异物也。今此鱼万斤，我恐是龙焉，固不可食。"叟曰："此乃吾子之肉也，不幸罹⑦此大祸，反膏人口腹，痛沦骨髓，吾誓不舍食吾子之肉者也。尔独不食，吾将厚报焉。吾又知尔善能拯救贫苦，若东寺门石龟目赤，此城当陷。尔时候之。若然，尔当急去无留也。"叟乃去。

姆日日往视，有稚子讶姆，问之。姆以实告。稚子欺人，乃以朱傅⑧龟目，姆见，急去出城。俄⑨有青衣童子曰："吾龙之幼子。"引姆升山。回视全城陷于惊波巨浪，鱼龙交现。

大姆庙今存于湖边，迄今渔者不敢钓于湖，箫鼓不敢作于船。天气晴朗，尚闻水下歌呼人物之声。秋高水落，潦静湖清，则屋宇阶砌，尚隐见焉。居人则皆龙氏之族，他不可居，一何异哉！

名家笔下的老合肥

注释

①暴泛：突然泛滥，形容江水涨势迅猛。
②血鬣（liè）：红色的鱼鳍或鱼颈上的长毛状部分。这里形容鱼的特征。
③赭（zhě）尾：红褐色的尾巴。"赭"指红褐色。
④脔（luán）：把肉切成小块。
⑤货：卖，出售。
⑥遗：赠送，给予。
⑦罹（lí）：遭遇，遭受（灾祸或不幸）。
⑧傅：通"敷"，涂抹。
⑨俄：不久，一会儿。

译文

探究地理情况，如今的巢湖就是古代的巢州。有人说它后来改名为巢邑。一天，江水突然泛滥，城池几乎被淹没。洪水退回原来的河道后，城壕里出现一条巨大的鱼，身长几十丈，红色的鳍，金色的鳞片，眼睛像闪电一样明亮，尾巴呈红褐色，被困在浅水中，全城的人都跑去观看。过了三天，这条鱼死了。城中百姓把它的肉割成小块带回家，拿到集市上去卖，人们都吃了这种鱼肉。

有个渔夫和一位老妇人同住在一条巷子里，他送了几斤鱼肉给老妇人，老妇人没有吃，而是把肉挂在了门上。一天，来了一个白发白须的老头儿，走路和说话都很奇怪。他问老妇人："大家都吃这条鱼的肉，唯独你不吃还挂起来，这是为什么呢？"老妇人说："我听说重达几百斤的鱼，都不是一般的东西。现在这条鱼重达万斤，我担心它是龙，所以不能吃。"老头儿说："这是我儿子的肉。（我儿子）不幸遭遇这场大祸，反而被人吃进肚里，我痛心到了骨髓，我发誓不放过吃我儿子肉的人。只有你没吃，我会重重报答你。我还知道你一向善于救助贫苦之人，如果东寺庙门口石龟的眼睛变红，这座城就会塌陷。你要时刻留意。如果真的这样，你要赶紧离开，不要停留。"说完，老头儿就离开了。

老妇人每天都去看石龟，有个小孩儿对老妇人的行为感到奇怪，就问她原因。老妇人把实情告诉了他。这个小孩儿爱捉弄人，就把朱砂涂在石龟的眼睛上。老妇人看到石龟眼睛变红，急忙离开，逃出城去。不一会儿，有个穿青衣的童子说："我是龙的小儿子。"他带着老妇人登上高山。回头一看，整个城池陷入惊涛巨浪之中，鱼和龙交替出现。

如今大姆庙还存在于湖边，直到现在，渔夫不敢在湖里钓鱼，船上也不敢敲锣打鼓。天气晴朗的时候，还能听到水下有人唱歌呼喊的声音。秋高气爽、水位下降、积水退去、湖水清澈时，还能隐隐约约看到水下房屋的台阶等遗迹。居住在这里的人都是龙氏家族的，其他人不能在这里居住，这是多么奇特啊！

读与思

"陷巢湖"的传说在巢湖流域广为流传，深入人心，在《搜神记》《水经注》等书中都有记载，虽然内容有所差异，但是其中蕴含的浓厚的神话色彩是不变的。传说中的人物也有着鲜明的个性。想一想，这篇文言文中的"姆"是一个怎样的人？

有湖的城市

◎徐 迅

　　许多城市都是有湖的。杭州因为西湖便能够"淡妆浓抹总相宜",南京因玄武湖而俏丽了江南,就是坐拥三江的武汉,也需要东湖水的波涌浪叠。北京的北海公园、什刹海自不必说了,但乾隆皇帝还是要"移天缩地在君怀",非要弄出个偌大的昆明湖。济南有了趵突泉不算,还有了一个大明湖,说什么"吹皱一池春水",池是否也是湖呢?云南昆明有了滇池,就时而惊起一滩鸥鹭。滇池算是春城的一大春湖吧。

　　湖,是大地的眼睛,也是城市的眼睛。

　　合肥后来有了一座人造的天鹅湖。但在我的记忆里,家乡这座省会城市是没有湖的。浩瀚旷渺、横无际涯的巢湖,虽然日日夜夜静静地流淌在城市的边上,或者私下里也经常暗通款曲、频送秋波,但在人们眼里始终没有达到水乳交融的地步。但不知道

什么时候，巢湖就投进了合肥的怀抱，合肥终于拥有了这样一座大湖。一听合肥怀抱了巢湖，我真的高兴了。因为，我真切地感受到，合肥这座城市有了巢湖，就有了巢湖八百里苍茫与浩荡，就有了烟波浩渺的氤氲之气，就有了一座城市的水灵与鲜活。

巢湖从此也成了合肥这座城市的眼睛。

有了湖，合肥几分古老悲凉的历史就有了回响。合肥作为三分天下之际纷纷攘攘的三国古战场，无论是广播说书说的"这一阵杀得江南人人害怕；闻张辽大名，小儿也不敢夜啼"的"张辽威震逍遥津"，还是曹操练兵的教弩台、数兵的斛兵塘、操兵的操兵巷；无论是孙权逃跑时跃马飞过的飞骑桥，还是诸葛亮《后出师表》里"曹操五攻昌霸不下，四越巢湖不成"的叙述……三国名将的英雄风采穿过千年风尘，烽火硝烟散尽处，巢湖这只眼睛里浮出的是一股豪迈与悲怆……

走进包公祠，那如文物一般陈列着的龙头、虎头、狗头铡刀，经历 900 多年的风风雨雨，依然鸣咽着一阵阵杀伐之音，让人仿佛置身北宋开封府的大堂，感受到一种肃穆、清廉之气……有了湖，包公祠里悬挂的"色正芒寒""庐阳正气""节亮风清"的字匾就变得格外尖锐和"芒寒"……史载，包拯在宋朝为官 24 年，被他弹劾或拉下马的官吏不下 30 人。这些官吏大多数是身居要职、权能通天的"大老虎"。比如，让人望而生畏的宰相、三司使（财政大臣）。包公那不畏权贵、不徇私情、清正廉洁的品格，最终使他赢得了人民的爱戴，以至于民间至今还流传着他"日断阳来夜断阴"和"无私包河藕"的故事……包公河里，那洁白的莲花永远清涟无瑕地盛开。有了一湖深水的洗涤，那一河的莲花就会蔓延无际，就会开得更加绚丽灿烂，祭奠与簇拥一个高贵威严的灵魂……

　　有了湖，就有人看见李鸿章浑浊的眼里显出一湖的云谲波诡，就有了生命的汹涌与澎湃……历史的倾诉也有了对象。李鸿章，这位生于斯长于斯的"李合肥"，早年追随曾国藩参与镇压太平军和捻军，后来创建北洋水师，又担负起国家海防与抵御倭寇之重任，成为晚清时期一位权倾朝野的重臣。不幸的是，他赶上的是19世纪中叶，清朝内忧外患。他在风雨飘摇时登上清朝的政治舞台，可谓生不逢时。他一生致力于洋务运动，力主革新，励志图强，还创办了中国近代化的工业和军队，以求富国强兵，抵御外侮，到最后落下一个"秋风宝剑孤臣泪，落日旌旗大将坛"的慨叹。他当然比谁都明白"水可载舟，亦可覆舟"的道理，但作为清王朝这一座破屋的"裱糊匠"，他根本无力挽救清王朝这只破船将倾的命运。一湖如泪，留下一片微澜……

　　有了湖，就有了湖的柔情似水。"肥水东流无尽期，当初不合种相思。梦中未比丹青见，暗里忽惊山鸟啼。春未绿，鬓先丝。人间别久不成悲。谁教岁岁红莲夜，两处沉吟各自知。"这是南宋著名词人姜白石写的《鹧鸪天》。自号白石道人的姜夔，生在南宋王朝与金人对峙的时代，少年失怙，又遭遇几次科举不第，无以功名，一生衣食难继，飘零他乡。他流落合肥时，偶遇了一对精通琴律的歌女——柳氏姐妹，与其情谊深厚。然而世态炎凉，人情冷暖，他们最终还是天各一方。"少年情事老来悲。"由于放心不下，不惑之年，他再一次客居合肥，还苦苦寻觅着被他称作"大乔小乔"的两位佳人。"算潮水、知人最苦。"有人说，他和柳氏姐妹的相遇是在合肥环城河畔的赤阑桥。但我宁可想那也是一处断桥，他也像许仙与白娘子相逢在雨中的断桥上……只有那样的背景，他们一见钟情，惺惺相惜，才会留一首"别后书辞，别时针线"的辞章，留下那一曲浪漫而经典的爱情绝唱。

有了湖，就有了水；有了水，就有城市一切的性灵。

有了湖，当下合肥这座城市就有了一片耀眼的斑光。有了湖，就让人感觉合肥浮起的董铺岛有了坚实的着落——董铺岛如今被称作"科学岛"了。落户在岛上的是当代一个个专业的科学研究机构——光学精密机械、等离子体物理、固体物理、智能机械、强磁场科学技术、技术生物与农业工程、先进制造技术、医学物理与技术、循环经济、核能安全技术，等等，单就这一个个陌生而拗口的名字就让人觉得枯燥，但没有关系。2013年8月，时任俄罗斯总理的梅德韦杰夫在科学岛参观"人造太阳"的事你或许听过，"人造太阳"就是这个岛上有名的科技成果。通俗地讲，如果地球上人类依赖的主要能源，比如石油、煤炭、天然气有一天被消耗殆尽，那么掌控和利用聚变反应而造出来的"人造太阳"就会立即取而代之，惠及全球。如此，托起"科学岛"的就不仅仅是董铺水库的水，还有那幽幽的一湖深水了。只有那样的水，才能托得起科学之岛，托得住一座智慧的岛屿。

合肥从来就是不缺水的。

北魏郦道元的《水经注》早就有记载："盖夏水暴涨，施（今南淝河）合于肥（今东淝河），故曰合肥。"合肥的名字也是因水而来。有人统计，合肥有700多个湖泊。如果说，纵横交错的河网如叶脉，大大小小的湖泊像是散落在合肥大地上一片片绿叶的话，那么，巢湖就是其中硕大而最鲜嫩的一片。巢湖可是全国五大淡水湖之一。合肥有了巢湖，就有了水天一色、波光潋滟，就有了千帆重重、渔火点点，就有了合肥人津津乐道的"大湖名城，

名家笔下的老合肥

创新高地"……

记得那年行走在浩瀚的巢湖岸边，正是桂花盛开时。闻着桂花浓郁的香气，我忽然就有一阵恍惚，差点就认为合肥不仅是一座有湖的城市，还是一座有桂花的城市了。

那细米粒似的桂花飘落在地上，遍野芳香。

（本文有改动）

读与思

湖是大地的眼睛，也是城市的眼睛。在作家徐迅的心中，一座有湖的城市才有灵魂。巢湖是全国五大淡水湖之一。它胸怀宽广，包容了合肥这座城市的风云与辉煌。作者由湖想到了合肥的历史演变。合肥曾是纷纷攘攘的三国古战场，无数英雄在此运筹帷幄，叱咤风云。包公祠里的包拯塑像熠熠生辉，包公精神是中华民族精神上的一枝灼白的清荷。一代名臣李鸿章，是非功过谁能评？白石道人又为合肥增添了一抹柔情，一丝浪漫。如今的合肥，高楼拔地而起，车流不息。科学岛让合肥有了新面貌，合肥又是一座充满智慧的城。纵览一湖，俯瞰一城，历史总是有迹可循，连绵不绝。

蜿蜒的巢湖岸线

◎潘小平

路两边的植物开始茂密，车子终于驶上了滨湖大道。陡然从拥堵的老城区挣扎出来，会觉得这样的道路实在是太宽阔太奢侈了。车有些风驰电掣，人呢，也有一种飞起来的感觉。郊野的风光扑面而来，水汽也陡然变得丰沛——传说中的巢湖岸线，出现了。

嘈杂的市声，已在身后。

这是合肥的上风上水，紧临南淝河入湖口，空气明显比老城区清新了许多。茂密的意杨，挺拔得遮天蔽日。空气如杨树根部的泥土，湿润而温和。据专业机构的检测数据，滨湖一带每平方厘米的负氧离子含量为2338个，高得把人吓住了。秋阳穿过树叶，星星点点，在地面上跳跃，像金子一般耀眼；又灿烂如花，如盛

开的野菊，助长着无边的秋意。这一带水草丰茂，藤蔓横生，如稗，如蓬，如芮，如萍，等等，都兀自繁茂。因"萍"而引发的巨大乡愁，岚一般在湖面上升起，间或在湖边的意杨林里缭绕。

意杨的名字，真好。

起风了，身后的万亩意杨林，哗啦啦奏响自身的叶片，安静而喧嚣。

已经是城市的边缘，蜿蜒的巢湖岸线，在我看不见的地方，依湖水蜿蜒着……

巢湖作为中国五大淡水湖之一，民间习称"八百里巢湖"。光绪《巢湖志》记载："巢湖，亘一百八十里，周回约五百里，港汊大小三百六十，为淮西巨浸。"这个数字，和今天差不多。今天绕巢湖一周，为184.66公里，周边汇入数不清的河流，以及数不清的水埠和村落。

水埠和村落，坐落在"头"和"咀"，而巢湖俗称"九头十八咀"，可知湖头、湖咀之多。湖头和湖咀，都是指伸进湖中的岩石或陆地。千百年的水浸浪打，湖岸受到严重的剥蚀，形成犬牙交错的"岩咀"和"湖湾"。"咀"的比喻十分形象，这一类的地貌以及关于"咀"的地名，在别处很难见到。巢南白山镇一带流传着一首关于巢湖周边村落地貌的《河咀歌》："上派河、中派河、下派河，孤山南套是新河，三河街吃水河，无梁柱四岔河，白石山河通焦湖，齐头咀到蓼河。油坊咀是小河，旁岗咀是谷胜河，棠林咀为界河，庙头咀是孙家河，苍林咀马尾河，槐林咀十字河，黄龙头鸡咀是牙河，青龙咀高林河，赵咀洋河，姥坞咀黑膝河，龟山咀巢县河，考字头柘皋河，芦溪咀炯炀河，大王咀花塘河，红石咀金大河，黑石咀长临河……"巢湖在成湖之初，漫长的湖岸线上，就已是湖头湖咀数不胜数。"咀"是伸进湖里的陆地,"汊"则相反,是汇入湖心的溪流。"巢湖港汊三百六",周边有多少溪流汇入了巢湖?这才勾画出巢湖岸线的曲折和曼妙。

一些刚刚种下的意杨苗,梦一般地颤抖着。

巢湖漫长而曲折的岸线蒲苇丛生,栖息着数以万计的鸥鸟。"低昂乱荷芡,明灭几葭苇。"光绪《庐州府志》记载,巢湖多鸿雁、鸥鹚、野凫、鹭鸶;有天鹅、淘何、黄鸭、鸳鸯;多菱,多芡,多藕,多莲,多芰。"芰"指多角的菱角,"淘何"不知是一种什么样的水鸟。此刻的滨湖湿地上,白鹭在浅水中寻寻觅觅,展飞的瞬间,羽翼染上亮闪闪的金色。滨湖湿地多为浅水滩涂,生长着芦苇、柳树、荻、茭笋、蓼等挺水植物和沉水植物,其中数量最多的还是芦苇和茸草。茸草集中在入湖河口和湖湾处,芦苇则分布在湖的外围,形成明显的芦苇丛带,在这个秋意深浓的上午,让人徒生寂寥。在古老的《诗经》中,芦苇被称作蒹葭。"蒹葭苍苍,白露为霜。所谓伊人,在水一方",这美丽的诗句,经现代歌曲传唱,撩起无数少年人的心绪,而春去秋来的时序之感,他们已经体会不到了。当然,还有"蓼","水蓼花红稻穗黄,使君兰棹泛回塘";还有"荻","浔阳江头夜送客,枫叶荻花秋瑟瑟"。这些反复出现在唐诗宋词里的古老植物,都在秋季的巢湖岸边挺拔,和粼粼湖水相映照。而在大片的滨湖草滩上,则生长着大片的柳。水位上升时,树身的一半会被湖水淹没。这时露出水面的柳枝,婀娜如少女的腰身;一些经年的老柳,也会在清浅的湖岸站立,显出乔木的高大和骄傲。

如今的环湖大道一线,分布着芦溪湿地、烔炀湿地、龟山湿地等十几处湿地,它们大多呈现出草地、浅滩、水草、菰蓼、芦苇、柳林的多层分布，在深秋的季节里，美极了。

"红蓼"红了，一穗穗燃烧，如荼，如火。据说红蓼的果实可以酿酒，想来有不一样的味道。

夕阳快速下沉，树林深处传来一声声鸟啼。湿地的低洼处，一些弱小的动物在暮色中迅疾跑过——属于它们的时刻，终于到了。

而岸线此时若隐若现，却愈加蜿蜒——城市的灯火，亮了。

（本文节选自《蜿蜒》，有删改，题目为编者所加）

读与思

作者穿过城市里的车流、人流，奔驰在滨湖大道，来到蜿蜒的巢湖岸边。虽处同一座城，但市区里的繁华嘈杂与巢湖边的宁静清新形成了鲜明的对比。滨湖大道的意杨林充满诗意，读后眼前仿佛浮现出一片翠绿的、深绿的、黄绿的……无数层次的绿交织在一起形成生命的海洋。而巢湖在作者的笔下显得那么迷人。立于"咀"上，眺望整个巢湖湖面，碧波荡漾，无数绿植在巢湖的滋养下肆意生长，深受尘世纷扰的心灵也被洗涤一新。这充满生命的大自然，总是能将人心抚慰。我们要珍爱每一个湖泊、每一片森林，珍视大自然给予我们的生命幻想。

群文探究

1.对比阅读《登巢湖圣姥庙》与《大姆记——因食龙肉陷巢湖》,分析它们在写景和叙事方面的表现手法。前者是怎样借助景物描写营造意境的?后者又是如何通过跌宕起伏的情节吸引读者的?

2.阅读这一组文章后,巢湖给你留下了怎样的印象?你还知道哪些与巢湖相关的文学作品?

3.假如你是一位旅游宣传员,要向游客介绍巢湖的文化魅力,你会如何引用相关诗文来设计宣传内容?

例:"巢湖好比砚中波,手把孤山当墨磨。"在巢湖,你能真切感受到自然与文化的完美融合。登上孤山,俯瞰巢湖,波光粼粼的湖面宛如一方巨大的砚台,等待着文人雅士挥毫泼墨。而你,也将成为这湖光山色中的一抹诗意,留下独属于自己的美好记忆。快来巢湖吧,开启一场与历史、自然的浪漫邂逅。

4.当地民歌中常出现"陷巢州,长庐州"的唱词,且有"焦姥(mǔ)舍身救乡亲"的传说故事;过去,当地渔民会在开湖仪式上提及古代水神与治水传说。这些现象反映了巢湖地区怎样的历史变迁和精神传承?

第三章　包公故里

国正天心顺，官清民自安。

　　江淮大地上，合肥静立千年。作为包公故里，合肥承载着厚重的历史文化。包河之水悠悠流淌，似在诉说着包公的传奇故事；包孝肃祠庄严肃穆，承载着后人无尽的追思。"清心为治本，直道是身谋"，包公的精神如熠熠星辰，穿透历史的厚重帷幕。循着《包公祠》《忆包河》等篇章，我们回溯往昔，探寻包公精神的永恒光芒。

扫码立领
★ 名师朗读
★ 美文微课
★ 城市印象
★ 老城记忆

名家笔下的老合肥

书端州郡斋壁

◎ [宋] 包 拯

清心为治本，直道①是身谋。
秀干②终成栋③，精钢不作钩。
仓充④鼠雀⑤喜，草尽兔狐愁。
史册有遗训，毋贻⑥来者羞。

注释

① 直道：正直之道。
② 秀干：好的树干。此处指优秀的人才。
③ 栋：屋中的正梁。此处指担当国家重任的人。
④ 仓充：粮仓贮存充足。此处比喻引起贪欲的财宝。
⑤ 鼠雀：指贪官污吏。
⑥ 贻：留给。

读与思

包拯是中国历史上有名的清官。他在《书端州郡斋壁》诗中表达了自己对清廉之心与正直之道的追求。请你结合他"不持一砚归"及"六弹张尧佐"的故事，分析他是如何将诗中的理念贯彻到实际为官过程中的。再找一找有关包拯的其他故事，感受他的品质。

游香花墩谒包孝肃祠

◎ [清] 宋 衡

孝肃祠边古树森,小桥一曲倚^①城阴^②。
清溪流出荷花水,犹是龙图^③不染心。

注释

①倚:倚靠。
②城阴:指城墙背阴的一面,说明小桥位于靠近城墙背阴的地方。
③龙图:包拯曾任龙图阁直学士,故以"龙图"来代指包拯,是对他的尊称。

名家笔下的老合肥

> **读与思**

诗中以"荷花水"象征包公的不染之心,原因如下:

1. 合肥有"香花墩"的传说。墩四面环水,夏日荷花满塘,相传为包拯年少时读书处。诗人就地取景,将眼前实景与精神象征自然融合。

2. 荷花"出淤泥而不染"的特性,与包拯"关节不到,有阎罗包老"(《宋史》)的刚正形象完美契合。

3. 诗中"流出"二字赋予静态荷花以流动的生命力,表明包公精神如活水滋养后世,又通过"水"的意象呼应其"清如水,明如镜"的官声。

4. 荷花水兼具视觉(红荷碧水)、嗅觉(荷香)、听觉(水流潺潺),唤起读者对清廉境界的感知,强调了"不染心"的真实可触。

重修包孝肃①祠记

◎[清]李鸿章

公故有祠,在郡城外香花墩②,相传为公读书处,粤寇之乱,荡为焦土。光绪壬午,鸿章奉讳里居③,经过遗址,忾④焉凭吊,乃谋复而新之,属⑤乡人张文燕董其役。越岁癸未,诹吉⑥鸠工,凡五阅月而竣,縻白金⑦二千八百两。祠既成,爰此笔记之曰:古称乡先生殁而祀于社,若公清风介节,并世已奉之如神明,其精神气象,至今尚仿佛于村畛⑧野老、妇人孺子之口,是固无所往而不在,而岂有待于祠欤!鸿章顾惓惓于兹者,将使我邦人士瞻拜公祠,皆有"高山仰止,景行行止"⑨之思。且念大臣遭际之难,后先相望,不自知其何心而歔欷⑩不自禁也。

(本文为节选)

名家笔下的老合肥

注释

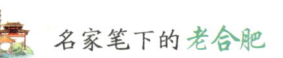

①包孝肃：即包拯，北宋名臣，谥号"孝肃"，以清廉刚正著称，世称"包青天"。
②香花墩：地名，传说包拯年轻时在此读书。
③奉讳里居：李鸿章因母亲去世回乡守孝。
④忾（xì）：叹息。
⑤属（zhǔ）：委托，交付。
⑥诹（zōu）吉：挑选吉利的日子。
⑦縻（mí）白金：花费白银。縻，通"靡"，耗费。白金，即白银。
⑧村氓（méng）：指乡民。
⑨高山仰止，景行行止：语出《诗经》，比喻崇高的德行和光明正大的行为。
⑩歔（xū）欷（xī）：抽泣，流泪。

译文

包公原有祠堂在庐州城外香花墩，相传是他少年读书的地方。太平天国战乱时，祠堂毁于战火，化为焦土。光绪壬午年（1882），我在家乡守孝期间，经过这片废墟，不禁感慨万千，于是谋划重建并修缮一新，委托同乡张文燕主持此项工程。次年癸未（1883）择吉日动工，历时五个月完成修缮，耗银二千八百两。祠堂建成后，特作此文记载：古语云，乡贤去世后可在社庙受祭，像包公这般高风亮节的典范，当世早已奉若神明。他的精神风骨，至今仍流传于乡野村夫、妇孺儿童口中。这精神本就无所不在，又何需祠堂作为依托！我之所以殷切重修此祠，是要让故乡百姓瞻仰祠堂时，都能生发"高山仰止，景行行止"的追慕之情。想到历代贤臣际遇之艰难，包公与我虽相隔数百年却心意相通，不知不觉中心生感慨而潸然泪下。

读与思

晚清重臣李鸿章于1884年写下这篇重修包公祠的碑记。文章的动人之处在于李鸿章对先贤精神的解读。"高山仰止，景行行止"道出对先贤品格的敬仰，而"村甿野老、妇人孺子之口"的朴实描写，展现出包拯清廉正直的形象早已扎根民心。这是真正的精神丰碑，无须金殿玉楼相称，但重建祠堂能让后人的敬仰有所寄托。千年过去，"包青天"始终是公正廉洁的代名词。当我们驻足祠堂，目光拂过斑驳砖瓦时，感受到的不仅是古老建筑，更是中华民族清正廉洁、刚正不阿的精神传承。

包公祠

◎张恨水

包公祠，就是民间盛大传说的包拯的祠堂。此祠在合肥南门外，护城河边。我们横跨一马路，看到一片长可里许的湖洲，这就是包湖公园了。这护城河尚干净，宽窄的地方约有半里到半里强，目力所及，两岸大都栽有树。又跨过一道新式绿木桥，先达一洲。这里湖心平坦，花木畅茂。中架有草亭，先方形，后改长形，亭身很大，约可容一二百人，亭瓦全用稻草铺列，且相当大，在别处尚未看见。当六月三伏的天气，拿一本书，到草亭里去展读，清福不浅。亭后，有一批古式房屋，我猜这就是包公祠了。退到亭子后面，将身子一拐，一座土库墙，中间一个门楼，门上嵌有字，曰"包孝肃祠"，果然我猜得不错。包公祠设立在洲上，出门也有一桥，通那边大路。入门，为四方形之建筑。三方为廊，中隔

一天井，是正殿。其正面供一神龛，中供泥塑包拯像。像非若世间传说，是包老黑，且五官都是黑的，倒是与常人一样白面长须，官服抱笏。闻包氏子孙，家传有一画，系宋代画，也是五官整齐，须发尽黑，毫无肃杀之气。正殿左角，立有一碑，上嵌有包拯石刻像，后世人多为模拓，不免略带模糊，但白面黑须，尚一样。《宋史·包拯传》有"人以包拯笑比黄河清"之说，此不过形容他的尊严，并非说他像个老黑呵！正中有一牌位，其文曰"宋龙图阁直学士枢密使赠礼部尚书谥孝肃讳拯字希仁包公位"。

这里，我应当将我个人的看法先写出来。包拯虽是统治阶级的人物，但仍不失正直。从宋朝以来，老百姓非常喜欢他。他们说，亘古以来，就没有哪个清官比他还清，所以建立这一座祠堂来纪念他。

阅包公像毕，又出而赏玩。立观此间一塘，由东抵西，浑然一色。有时穿过湖心坦地，又分而为二。极东边尚有一桥，通过湖心，再通过彼岸。彼岸之间，尚有一条马路，四周种有花木。把湖洲再弄好些，或者过了两三年，便会花木成溪了。

（本文选自《京沪旅行杂志》，题目为编者所加）

读与思

包公祠内，包拯塑像巍立正殿，高约八尺，正襟危坐，一手执笏，一手握笔，浓眉长髯，神情肃穆。张恨水先生用生动的语言描述了包公祠的外观和内部陈设，让读者仿佛置身其中。千百年来，包拯早已成为正义与清廉的代名词。像包拯一样著名的清官，你还了解哪些呢？

忆包河

◎ 何振邦

合肥向以"三国古城，包拯家乡"而称于世。自20世纪以来，我数次应邀到合肥开会、讲学和访友，遍访这座"南楚都会"的名胜和景区，包括三国遗迹逍遥津、清末重臣李鸿章的府邸以及长达8.7公里、占地137.6公顷的环城公园，处处让人流连忘返。而其中，最令人难忘的还是包河景区。

合肥城建的有关资料介绍："包河是护城河的一段，因当年宋仁宗皇帝将其赐予告老还乡的包拯而得名。这里，河中小岛点点，四周碧水萦回，最大的岛叫'浮庄'。庄上绿荫匝地，亭榭翼然。园林建筑皆青瓦粉墙，临水而建，云影波光，一派江南景色。令人神往的是，这里水面与地面落差仅20厘米，隔岸望去，浮庄犹如一片柳叶漂浮于水上，飘飘忽忽，宛若仙境。"这个描述一点也不夸张。2001年秋，我和几位文友应合肥市文联副主席完颜海瑞先生的盛情邀请，到合肥参加全国部分城市文联工作会议，就曾游览过环城公园中的包河景区，看到的不仅有"宛若仙境"的浮庄，还有位于浮庄西面，传说是当年包拯踩下的脚印而今在小岛中央形成一脚印状水池的脚印岛，还有当年包拯幼年读书处的书院，明代嘉靖年间改为包孝肃公祠的香花墩，以及同香花墩包公祠相对的位于包河景区东南岗头上新近落成的包拯墓园。这些同包拯联系在一起的景点，处处吸引着敬仰包拯的我辈和众多游客。

包拯（999—1062），字希仁，庐州合肥（今属安徽）人。天圣年间进士。宋仁宗时，曾任监察御史，建议"练兵选将，务实边备"，以御契丹。后任天章阁待制、龙图阁直学士，累官至枢密副使。知开封府时，执法严峻，当时称为"……关节不到，有阎罗包老"。卒谥"孝肃"，世人称为"包青天"。包拯作为名垂千古的清官，在戏曲、小说中被广为宣传，深入人心。因此，人们自然对作为包公文化载体的包河各景点有着浓厚的兴趣。我辈之游包河，大致也是出于对包公的景仰和对包公文化的兴趣。当我们一行步上香花墩上的包公祠时，就被这座朴素的粉墙黛瓦的四合院吸引住了。只见包公祠大门南开，入门向北，有条宽敞平整的大道，两旁垂柳依依，旧称直道坊，取名于包拯的"直道是身谋"诗句。祠门有"忠贤将相，道德名家"八个篆字镌刻于石上，横额则是"包孝肃公祠"五个大字。四合院之北为五间正殿，中置包拯古铜色塑像，气宇轩昂，栩栩如生，相传按包拯肖像摹刻。正殿右墙内壁镶嵌着清人雕刻的《宋包孝肃遗像》，石质黑亮，寓脸黑心正之意。正殿左边陈列着龙头、虎头、狗头等三种作为刑具的铡刀，营造出一种肃穆的氛围。殿内楹联甚多，具有文采，多刻于精选的竹木之上，难以尽记。最引人注目的是立于正殿东壁的碑文《包拯家训》，兹录于下："后世子孙仕宦，有犯赃滥者，不得放归本家，亡殁之后，不得葬于大茔之中。不从吾志，非吾子孙。仰珙刊石，竖于堂屋东壁，以诏后世。"包拯严于律己、严于律家的高风亮节，在此家训中完全体现出来。我以为，瞻仰包公祠的过程，就是一次包公文化尤其是廉政文化的洗礼，受到的教育是很深刻的。瞻仰包公祠之后，接着瞻仰包公墓园，也同样受到一次廉政文化的洗礼和教育。因此，到包河不仅是欣赏那些赏心悦目的景色，更重要的是受到一次重要的廉政文化的洗礼和教育。

（本文为节选）

读与思

文中提及的包河景区承载着厚重的包公文化，而包公精神早已融入合肥的城市血脉，在民俗传承、方言符号、艺术创作中皆有深刻的体现。

饮食：合肥至今流传着"包河无丝藕"的传说。如今包河公园内仍有"廉泉""无丝藕"等景观。游客常品尝包河藕以提醒自己廉洁自律。

节庆：合肥市非遗项目"包公祭祀大典"完整地保留了明代仪轨，每年清明、包公诞辰（农历二月十五）在包公祠举行。仪式包含"献三牲""读祝文""饮廉泉"等环节。

方言：合肥方言保留了诸多包公文化元素。"包黑子"既指肤色黝黑之人，更隐喻刚正不阿的品格；"铡刀口音"特指铿锵有力的发声方式，源自戏曲中包公掷地有声的念白；谚语"关节不到，有阎罗包老"至今仍用于警示不可徇私枉法。

戏曲：发源于合肥的庐剧将《铡美案》《打龙袍》等包公戏作为经典剧目。

群文探究

1.《书端州郡斋壁》体现了包拯的廉洁志向,《忆包河》展现了包河景区承载的包公文化。从这两种不同的呈现形式中,你感受到了包公文化在老合肥传承的特点吗?试着说一说。

2.除了常见的包公祠、包公墓等遗迹,位于合肥肥东的包公故里文化园也值得探究。它是依据史志记载的包公故居旧址遗迹(如花园井、荷花塘、凤凰山、衣胞庙)选址建设的,园内有包公故居、孝肃阁、包公书院、廉苑、包林五个建筑片区。

你知道这些遗迹背后有哪些与包公成长相关的故事吗?搜索资料,和朋友说一说。

3.包拯的正义之心，穿透岁月的迷雾，将合肥这座城市照亮，也为我们指引着前行的方向。你看，诗里说的清明世界，是老人捡到小朋友遗落的风筝后小跑归还的汗珠；是热心市民搀扶老人过马路，老人脸上绽放的感激笑容……试着用你的小本子收集这些温暖的闪光点吧！

4.请结合包拯的诗句"清心为治本，直道是身谋"，阐述当代社会廉洁文化建设中"零容忍"态度的重要性。

第四章　三国故地

庐州古韵千年在，逍遥旧事入梦来。

　　合肥，三国风云的激昂舞台，魏吴逐鹿的热血故地。遥想当年，逍遥津上，战火烈烈，张辽威震江东，八百勇士闯敌营，杀得东吴丢盔弃甲，小儿闻之不敢夜啼；淝水岸边，战鼓擂擂，将士们冲锋陷阵，以命相搏，书写着乱世的壮烈与传奇。岁月流转，硝烟散去，但三国的印记深深镌刻在这片土地上，成为合肥永不褪色的历史华章。

扫码立领
★ 名师朗读
★ 美文微课
★ 城市印象
★ 老城记忆

名家笔下的老合肥

过庐州

◎ [宋] 朱 服

昔年吴魏交兵地,今日承平①会府②开。
沃壤欲包淮甸③尽,坚城犹抱蜀山回。
柳塘春水藏舟浦④,兰若秋风教弩台。
独有无情原上草,青青还入烧痕来。

注释

①承平:指安定、和平的社会局面。
②会府:地方行政机构所在地,这里指庐州。
③淮甸:淮河流域的平原地带。
④藏舟浦:原为一草浦。传三国魏镇守合肥,曾藏战船于此,故名藏舟浦。

读与思

三国吴魏交战地合肥,如今面貌已经焕然一新。精心耕作的土地养育一方儿女,坚固美丽的城池守卫一方百姓。藏舟浦,昔日战船休整补给的地方,如今不见战船,只见美好,柳枝轻拂,碧波荡漾;三国时期的教弩台,一改冰冷本色,成为百姓祈福的明教寺。这是和平安定的时代,这是安居乐业的合肥。

过周公瑾墓

◎ [清] 张树声

鼎足功收一炬红，白杨古墓啸寒风。
两朝心腹推知己，半壁江山效死忠。
遗恨直吞漳水北，豪情犹唱大江东。
英雄儿女今何在，埋玉深深惜此中。

读与思

这是一首语言凝练、意境深远的怀古诗。诗人通过对周瑜墓前景象的描写，将历史与现实、英雄与平凡融为一体。全诗既有对周瑜功绩的赞颂，又有对他早逝的惋惜，情感真挚而深沉，读来令人感慨万千。让我们查阅资料，静心阅读，一览周瑜的非凡人生。

张辽威震逍遥津

◎ [明] 罗贯中

却说西川百姓,听知曹操已取东川,料必来取西川,一日之间,数遍惊恐。玄德请军师商议。孔明曰:"亮有一计,曹操自退。"玄德问何计。孔明曰:"曹操分军屯合淝,惧孙权也。今我若分江夏、长沙、桂阳三郡还吴,遣舌辩之士,陈说利害,令吴起兵袭合淝,牵动其势,操必勒兵南向矣。"玄德问:"谁可为使?"伊籍曰:"某愿往。"玄德大喜,遂作书具礼,令伊籍先到荆州,知会云长,然后入吴。到秣陵,来见孙权,先通了姓名。权召籍入。籍见权礼毕,权问曰:"汝到此何为?"籍曰:"昨承诸葛子瑜取长沙等三郡,为军师不在,有失交割,今传书送还。所有荆州南郡、零陵,本欲送还;被曹操袭取东川,使关将军无容身之地。今合淝空虚,望君侯起兵攻之,使曹操撤兵回南。吾主若取了东川,即还荆州全土。"权曰:"汝且归馆舍,容吾商议。"伊籍退出,权问计于众谋士。张昭曰:"此是刘备恐曹操取西川,故为此谋。虽然如此,可因操在汉中,乘势取合淝,亦是上计。"权从之,发付伊籍回蜀去讫,便议起兵攻操:令鲁肃收取长沙、江夏、桂阳三郡,屯兵于陆口,取吕蒙、甘宁回;又去余杭取凌统回。

不一日,吕蒙、甘宁先到。蒙献策曰:"现今曹操令庐江太守朱光,屯兵于皖城,大开稻田,纳谷于合淝,以充军实。今可先取皖城,然后攻合淝。"权曰:"此计甚合吾意。"遂教吕蒙、甘宁为先锋,蒋钦、潘璋为合后,权自引周泰、陈武、董袭、徐盛为中军。时程普、黄盖、韩当在各处镇守,都未随征。

却说军马渡江,取和州,径到皖城。皖城太守朱光,使人往合淝求救;一面固守城池,坚壁不出。权自到城下看时,城上箭如雨发,射中孙权麾盖。权回寨,问众将曰:"如何取得皖城?"董袭曰:"可差军士筑起土山攻之。"徐盛曰:"可竖云梯,造虹桥,下观城中而攻之。"吕蒙曰:"此法皆费日月而成,合淝救军一至,不可图矣。今我军初到,士气方锐,正可乘此锐气,奋力攻击。来日平明进兵,午未时便当破城。"权从之。次日五更饭毕,三军大进。城上矢石齐下。甘宁手执铁链,冒矢石而上。朱光令弓弩手齐射,甘宁拨开箭林,一链打倒朱光。吕蒙亲自擂鼓。士卒皆一拥而上,乱刀砍死朱光。余众多降,得了皖城,方才辰时。张辽引军至半路,哨马回报皖城已失。辽即回兵归合淝。

孙权入皖城,凌统亦引军到。权慰劳毕,大犒三军,重赏吕蒙、甘宁诸将,设宴庆功。吕蒙逊甘宁上坐,盛称其功劳。酒至半酣,凌统想起甘宁杀父之仇,又见吕蒙夸美之,心中大怒,瞪目直视良久,忽拔左右所佩之剑,立于筵上曰:"筵前无乐,看吾舞剑。"甘宁知其意,推开果桌起身,两手取两枝戟挟定,纵步出曰:"看我筵前使戟。"吕蒙见二人各无好意,便一手挽牌,一手提刀,立于其中曰:"二公虽能,皆不如我巧也。"说罢,舞起刀牌,将二人分于两下。早有人报知孙权。权慌跨马,直至筵前。众见权至,方各放下军器。权曰:"吾常言二人休念旧仇,今日又何如此?"凌统哭拜于地。孙权再三劝止。至次日,起兵进取合淝,三军尽发。

张辽为失了皖城,回到合淝,心中愁闷。忽曹操差薛悌送木匣一个,上有操封,傍书云:"贼来乃发。"是日报说孙权自引十万大军,来攻合淝。张辽便开匣观之。内书云:"若孙权至,张、李二将军出战,乐将军守城。"张辽将教帖与李典、乐进观之。乐进曰:"将军之意若何?"张辽曰:"主公远征在外,吴兵以为破我必矣。今可发兵出迎,奋力与战,折其锋锐,以安众心,然后可守也。"李典素与张辽不睦,闻辽此言,默然不答。乐进见李典不语,便道:"贼众我寡,难以迎敌,不如坚守。"张辽曰:"公等皆是私意,不顾公事。吾今自出迎敌,决一死战。"便教左右备马。李典慨然而起曰:"将军如此,典岂敢以私憾而忘公事乎?愿听指挥。"张辽大喜曰:"既曼成肯相助,来日引一军于逍遥津北埋伏;待吴兵杀过来,可先断小师桥,吾与乐文谦击之。"李典领命,自去点军埋伏。

却说孙权令吕蒙、甘宁为前队,自与凌统居中,其余诸将陆续进发,望合淝杀来。吕蒙、甘宁前队兵进,正与乐进相迎。甘宁出马与乐进交锋,战不数合,乐进诈败而走。甘宁招呼吕蒙一齐引军赶去。孙权在第二队,听得前军得胜,催兵行至逍遥津北,忽闻连珠炮响,左边张辽一军杀来,右边李典一军杀来。孙权大惊,急令人唤吕蒙、甘宁回救时,张辽兵已到。凌统手下,只有三百余骑，当不得曹军势如山倒。凌统大呼曰："主公何不速渡小师桥！"言未毕，张辽引二千余骑，当先杀至。凌统翻身死战。孙权纵马上桥，桥南已折丈余，并无一片板。孙权惊得手足无措。牙将谷利大呼曰："主公可约马退后，再放马向前，跳过桥去。"孙权收回马来有三丈余远，然后纵辔（pèi）加鞭，那马一跳飞过桥南。后人有诗曰：

　　的卢当日跳檀溪，又见吴侯败合淝。

　　退后着鞭驰骏骑，逍遥津上玉龙飞。

孙权跳过桥南，徐盛、董袭驾舟相迎。凌统、谷利抵住张辽。甘宁、吕蒙引军回救，却被乐进从后追来，李典又截住厮杀，吴兵折了大半。凌统所领三百余人，尽被杀死。统身中数枪，杀到桥边，桥已折断，绕河而逃。孙权在舟中望见，急令董袭棹舟接之，乃得渡回。吕蒙、甘宁皆死命逃过河南。这一阵杀得江南人人害怕；闻张辽大名，小儿也不敢夜啼。众将保护孙权回营。权乃重赏凌统、谷利，收军回濡须，整顿船只，商议水陆并进；一面差人回江南，再起人马来助战。

（节选自《三国演义》第六十七回）

读与思

　　逍遥津之战是历史上著名的以弱胜强的经典战役之一。张辽的英勇表现，不仅为曹魏立下了赫赫战功，还使他赢得了"威震逍遥津"的美誉。在文中找一找描写张辽英勇表现的语句，体会张辽的英勇无畏。

逍遥津

◎张恨水

　　逍遥津是公园,有马路可通,是三国时候张辽击败孙权的地方,可以说地方有名,很古很古了。一九四九年前这里为私人所有,现在归公了。当然,这是很适当的,不然这样的名胜,独归私家所有,那简直不成话了。逍遥津改公有以后,还大大地布置了一番。大概此园有二里多路,入门一条马路,跨过儿童公园。马路分歧可进。再进去花圃草地,分排两边。沟渠水道,微微环绕,围绕

公园之半边。有三五亭榭，靠花木荫处，颇有诗意。据当地人说，张辽墓就在水道沟处，水中有一土丘，即是。一说，不在园内，在城边，两说尚待证明。楚而向右，有动物园，除了翎毛不算，动物约三四十头。其中有两种，我是初次见到：一为玳瑁，有小桌面大；一为石龙，约长四尺，远看宛如一蛇，及近视，颈项略粗，头略大，尚有四足，看其形状，又绝类一蜥蜴，传此物极猛。

（本文选自《京沪旅行杂志》，题目为编者所加）

读与思

张恨水先生详细地描写了他所见到的逍遥津。从花圃草地，到沟渠水道，再到亭榭、动物园，这一路的景色生动且富有诗意，仿佛是张恨水先生在带领我们游园。动物园里的"玳瑁""石龙"是不是激起了你的好奇心？你如果感兴趣，可以查一查这是什么动物。你也可以走进现在的逍遥津公园，感受逍遥津的新面貌。

明教寺

◎张恨水

  明教寺，在逍遥津偏东。此寺四围全系平地，唯寺之所在，在土堆上建筑起来。按台阶数了一数，共二十六砌。庙凡三进，各庙都差不多。唯前院有一土台，上覆一亭，亭中有一井，上系一木制之额，其上有字曰：屋上古井。此寺大概建于明初。井，古来就有。寺因毁于兵火，后有太平天国李秀成部下曰袁宏模——在合肥西庐寺出家，人家称他为通元上人——化缘重建。这块匾额，从通元上人说起，说到三国时这个土堆是教弩台。台后有逍

遥津，就是张辽藏兵师的地方了。

　　古来这庙外松树成林，林边有亭，亭子叫折松亭。寺基不远，有一桥，名曰乘骑桥。相传三国时，孙曹交兵，孙败，尚留有一骑，突过此险，所以叫乘骑桥。现在这里完全成了人马大道了。不过这些传说，也仅是传说而已。

　　　　　　（本文选自《京沪旅行杂志》，题目为编者所加）

> **读与思**
>
> 　　明教寺，原址是三国时期曹操所筑的教弩台，俗称"曹操点将台"。明教寺为明朝院式建筑，整座寺庙呈现出对称美。如今的明教寺成了合肥的十大地标之一。在本文中，张恨水先生以游记的形式介绍了明教寺的历史由来和传说。如今的明教寺处在淮河路步行街的中央，也算是闹市中一道亮丽的风景线。

藏舟浦

◎刘应芬

藏舟浦在合肥的西北角杏花村,传说那里在三国时是一片水域。合肥守将张辽曾在那里藏有战船和水军。进,可以从这里出淝(水)口,入巢湖;攻,可攻打东吴的濡须(今裕溪口);退,可守淝口,保合肥。所以,后人把它叫"藏舟浦"。

这年,孙权带兵来犯,曹操闻讯,亲自率兵来肥御敌。孙权仗着水兵优势,一下从东门攻进城。说时迟,那时快,曹操和张辽从藏舟浦率水军上阵,出其不意,一下截断了淝河上东吴的水军。曹操骑上战马,迎战孙权,对孙权说:"孙将军,老夫在此,东吴不要痴心妄想了,哈哈!"

孙权知道情况有变，就在马上欠身答礼，说："想不到丞相来得如此神速。"

战了几个回合，孙权不敢恋战，退至南门一座桥边，跃马过去。曹操见合肥已被夺回，也不再追赶。

曹操挫败孙权，非常高兴，认为藏舟浦是个福地，就在藏舟浦附近欢庆胜利。是日，曹操带歌女们乘坐一条大白船（画舫），在船上饮酒作乐，筝笛共鸣。一歌女就着筝笛音调领唱：

浦水盈盈兮，

翠色溶溶；

丞相出奇计兮，

击退东吴……

众歌女齐和："丞相出奇计兮，击退东吴。"同船者跟着叫："好！"曹操醉醺醺地站起来说："有赏！"

众人齐鼓掌，纷纷涌向曹操领赏。船身失重，一下子变成船底朝天。张辽一见慌了手脚，赶忙跳下水，把长刀插在船上，让曹操握住刀柄，不致下沉。他泅到曹操身边，背着曹操上岸，两人都成了落汤鸡。上岸后，张辽就背着曹操往督衙里跑，给曹操换了衣服。此时，曹操惊魂始定，才想起同船的歌女们，便问张辽："船上的人是否都救了上来？"

张辽说："只要丞相无恙，就是万幸啦！我未想到那些人。"

曹操听了，心里不悦，说："你怎么能这样说呢？快去救人，快！"

张辽说："是。"

说罢，张辽带人赶到藏舟浦附近。由于误了时辰，歌女们都随船掉入水中。曹操没有深究此事，毕竟张辽是他的爱将。

名家笔下的*老合肥*

后来，曹操溺水的事渐渐衍化为传说。晋代大诗人陶渊明所写的《搜神后记》中记载，合肥水口，有曹操留下的一条大白船，底朝上翻在水中。一天夜晚，有一渔船停泊在旁边，渔人还听到了弹筝吹笛的乐声。对此，后人有诗云：

浦水盈盈一鉴开，响传筝笛信悠哉；

当年歌舫骄游泳，此日渔舟往去来。

堤柳丝垂风欲绾，岸花影碎月新栽；

云鬟湘佩归何处，空对流光忆雀台。

于是，人们便叫这里"筝笛浦"。

读与思

曾经的藏舟浦，是重要的军事战场，听起来饶有诗意的名字背后却是血雨腥风；如今的藏舟浦，是绝佳的游赏去处。游人在此观四时美景，文人在此吟千古悠悠。我们不妨和家人、朋友一起前往杏花公园内的藏舟浦遗址，画一画曲水相连，看一看云卷云舒，说一说三国故事。

群文探究

1. 合肥，历史悠久，人杰地灵。这里有很多古代先贤、近代名人。搜一搜你感兴趣的合肥名人，将关键信息整理成人物信息表。

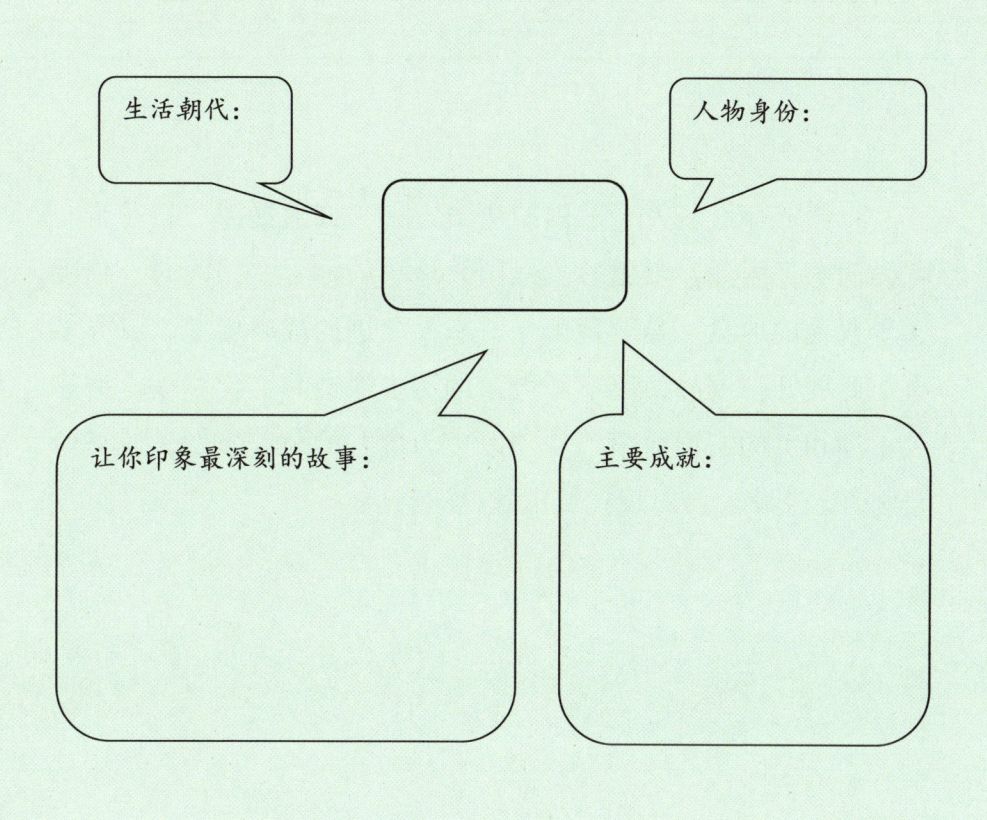

生活朝代：

人物身份：

让你印象最深刻的故事：

主要成就：

2.合肥有明教寺、逍遥津公园、李鸿章故居等景点。这些景点让你联想到哪些历史人物或历史故事？请你选择一个景点，写一写。

我选择 _____。这个景点让我联想到 _____
_____
_____。

3.合肥有很多关于三国的历史古迹，如逍遥津、教弩台、藏舟浦等。因此，合肥有"三国故地"的称号。三国时，合肥属于曹魏的地盘，是曹魏南下、东吴北进的战略要地。双方多次在此展开拉锯战，留下了大量的历史遗迹和文化典故。请你读一读相关的三国故事，从"以史为鉴"的角度出发，谈一谈合肥三国文化遗产对现代城市建设的启示。

第五章　庐州山水

秋山宜落日，秀水出寒烟。

　　庐州山水，如诗如画，独具魅力。这里，每一寸土地都诉说着历史的沧桑与变迁，每一座山峰、每一条河流都承载着丰富的文化记忆。从雄伟的山脉到潺潺的溪流，从古老的村落到现代的城市风貌，庐州山水不仅有壮丽的景色，还蕴含着深厚的文化底蕴，引得无数文人墨客吟诗作画，沉醉其间。

扫码立领
★ 名师朗读
★ 美文微课
★ 城市印象
★ 老城记忆

名家笔下的老合肥

游四顶山

◎[唐]罗 隐

胜景①天然别②,精神③入画图。

一山分四顶,三面瞰平湖。

过夏僧无热,凌冬草不枯。

游人来至此,愿舍发和须。

注释

①胜景:指优美的景色。

②别:独特,特别。

③精神:指景物的神韵。

> **读与思**
>
> 　　四顶山位于合肥市肥东县长临河镇内、巢湖北岸，因山有四顶而得名。又传说古仙魏伯阳铸鼎炼丹于此，故又称为四鼎山。四顶名胜，自古为文人墨客所赞美，留下了众多诗篇。其中，罗隐的这首诗尤为经典。"一山分四顶，三面瞰平湖"以简洁的语言介绍了四顶山独特的地貌特征，让人清晰地感受到四顶山的雄伟与壮观。"过夏僧无热，凌冬草不枯"写出这里的气候宜人。"游人来至此，愿舍发和须"通过夸张的表达侧面表现了四顶山的魅力。你是否也被罗隐笔下的四顶山吸引了呢？选一个季节，来四顶山游览一番吧！

名家笔下的老合肥

蜀山雪霁

◎ [元] 李 裕

冻雀无声万籁鸣,六花①飞屑遍山城②。

日高风静寒光敛③,留得琼峰④映晓晴⑤。

注释

①六花:雪花的别称。因雪花呈六角形,故以"六花"称之。这是古代诗词中对雪花的一种雅称。

②山城:指靠山而建的城市。这里指蜀山所在的周边城镇。

③敛:收敛,收起。

④琼峰:琼,美玉。这里形容山峰像美玉一样洁白晶莹。

⑤晓晴:清晨的晴朗天气。

读与思

"蜀山雪霁"为清人朱弦所列"古庐阳八景"之一。《八景说·蜀山雪霁》是这样描述大蜀山的:"山形单椒,秀泽不连,岭以自高。"当冬天的第一场大雪来临,大蜀山被厚厚的积雪覆盖,原本青葱的山峰变成一片皑皑仙境,更添一丝神秘。"蜀山雪霁"是大自然馈赠给合肥的一份珍贵的礼物。冬天去一次大蜀山吧,亲身感受一下这份美丽与宁静。

浮槎山水记

◎ [宋] 欧阳修

浮槎山①在慎县南三十五里，或曰浮阇山，或曰浮巢山，其事出于浮图、老子之徒荒怪诞幻之说。其上有泉，自前世论水者皆弗道。余尝读《茶经》，爱陆羽②善言水。后得张又新③《水记》，载刘伯刍、李季卿所列水次第，以为得之于羽，然以《茶经》考之，皆不合。又新，妄狂险谲之士，其言难信，颇疑非羽之说。及得浮槎山水，然后益以羽为知水者。浮槎与龙池山，皆在庐州界中，较其水味，不及浮槎远甚。而又新所记以龙池为第十，浮槎之水弃而不录，以此知其所失多矣。羽则不然，其论曰："山水上，江次之，井为下。山水：乳泉、石池漫流者上④。"其言虽简，而于论水尽矣。

浮槎之水，发自李侯⑤。嘉祐二年，李侯以镇东军留后⑥出守庐州，因游金陵⑦，登蒋山⑧，饮其水。既又登浮槎，至其山，上有石池，涓涓可爱，盖羽所谓乳泉漫流者也。饮之而甘，乃考图记，问于故老，得其事迹，因以其水遗余于京师。予报之曰："李侯可谓贤矣。"

夫穷天下之物无不得其欲者，富贵者之乐也。至于荫长松，藉丰草，听山流之潺湲⑨，饮石泉之滴沥，此山林者之乐也。而山林之士视天下之乐，不一动其心。或有欲于心，顾力不可得而止者，乃能退而获乐于斯。彼富贵者之能致物矣，而其不可兼者，惟山林之乐尔。惟富贵者而不得兼，然后贫贱之士有以自足而高世。其不能两得，亦其理与势之然欤。今李侯生长富贵，厌于耳目，又知山林之为乐，至于攀缘上下，幽隐穷绝，人所不及者皆能得之，其兼取于物者可谓多矣。

李侯折节好学，喜交贤士，敏于为政，所至有能名。

凡物不能自见而待人以彰者有矣，凡物未必可贵而因人以重者亦有矣。故予为志其事，俾世知斯泉发自李侯始也。（嘉祐）三年二月二十有四日，庐陵欧阳修记。

注释

①浮槎（chá）山：位于安徽省合肥市肥东县境内，峰峦叠嶂，景色奇丽。
②陆羽：唐代人，著有《茶经》，对茶和水都有深入的研究。
③张又新：唐代人，著有《煎茶水记》。
④乳泉、石池漫流者上：山水之中，以像乳汁一样喷流的泉水和石池里漫流四溢的泉水为最佳。
⑤李侯：指李端愿，字公谨。这里是对李端愿的尊称。
⑥镇东军留后：宋代地方武官名。
⑦金陵：今江苏南京。
⑧蒋山：即紫金山，在南京市东北。
⑨潺湲：水流缓慢的样子。

译文

浮槎山在慎县南方三十五里的地方，有人叫它浮阇山，也有人叫它浮巢山，这出自佛教、道教荒怪虚诞的说法。山上有泉水，以前谈论水的人都没有提到过这里的泉水。我曾经读《茶经》，欣赏陆羽论水的本事。我后来又得到张又新的《煎茶水记》，这本书记载了刘伯刍与李季卿所列水的次第。张又新认为他们的看法是从陆羽那里得来的，但是用《茶经》来考证这些说法，都不符合。张又新是个狂妄怪异的人，他所说的话很难让人相信，我很怀疑这些并非陆羽的说法。等我见到浮槎山的泉水后，更加相信陆羽是了解水的人。浮槎山、龙池山均位于庐州界中，比较它们的水质，龙池山的水远远比不上浮槎山的水。而张又新把龙池的水列为第十，对浮槎山的水却弃而不录，从这里可以知道张又新有很多没有收录的泉水。陆羽却不这样，他说："山水最好，江水中等，井水最差。山水中又以像乳汁一样喷流的泉水和石池里漫流四溢的泉水为最佳。"他的话虽然简洁，但对水质的评论已经达到极点了。

浮槎山的水，是李侯发现的。嘉祐二年，李侯以镇东军留后的身份兼任庐州太守。于是游览金陵，登上蒋山，并饮蒋山的水。随后又登上浮槎山，到了山上，发现山上有石池，池水涓涓流淌，十分可爱，大概就是陆羽所说的"乳泉漫流者"。他试着喝泉水，感到泉水甘美，就对照地图记载考证，并向当地老人询问，知道了这水的来历。于是，他把此水送给远在京城的我。我给他回信说："李侯可以称得上贤达呀。"

天下万物，没有想要而得不到的，这是富贵的人的乐趣。至于在松荫下乘凉，枕着茂盛的青草，倾听山溪潺潺流淌的声音，喝着清澈的石泉水，这是隐居山林的人的乐趣。那些隐居山林之人看待天下，没有一样能让他们动心。或许心里有那种想法，但考虑到自己的能力达不到就不再强求了，于是退隐山林并在这里获得乐趣。那些富贵者能够获得物质上的满足，但他们不能同时获得隐居山林的乐趣。只有那些由于不能二者兼得，选择由富贵变成贫贱的人，才能自得其乐并超脱世俗。如果两样都得不到，这

名家笔下的老合肥

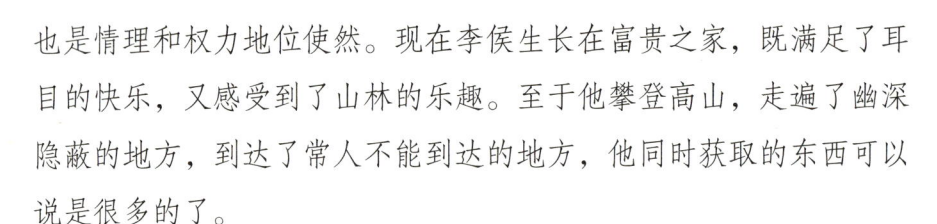

也是情理和权力地位使然。现在李侯生长在富贵之家，既满足了耳目的快乐，又感受到了山林的乐趣。至于他攀登高山，走遍了幽深隐蔽的地方，到达了常人不能到达的地方，他同时获取的东西可以说是很多的了。

李侯能降低身份，不耻下问，喜欢结交贤士，从政勤勉，所到之处都留下非凡的名声。

有的东西不能自己显露，要等他人发现才得以彰显，这种情况是有的；有的东西不一定珍贵却因他人而变得贵重，这种情况也是有的。所以，我把这件事记下来，使世人知道这浮槎泉水是李侯最早发现的。嘉祐三年二月二十四日，庐陵欧阳修记。

读与思

这是一篇充满哲理和美感的散文，欧阳修借用浮槎山的水思索人生哲理。当你看见每一朵花开，感受每一片落叶，追望大雁整齐有序的队影，捧起一汪汪清泉，聆听一次次鸟鸣，你将会感恩大自然无私的赠予。在快节奏生活的今天，我们更要善于发现自然之美，尽情享受山水之乐，让心灵得到放松与满足。

南淝河，穿合肥城而过

◎王张应

南淝河，源于大别山东麓江淮分水岭南侧。那里有一座先民垒砌的红石板桥，桥下有一泓清泉，水边湿地杂生芦苇、菖蒲、红蓼。碧亮亮的泉水从草丛间溢出，先是一线小溪，后于途中"兼收并蓄"涨成河流。南淝河经鸡鸣山，流入董铺水库，稍事休整后，便以更清丽的身姿继续前行。河流由西向东穿合肥老城，过逍遥津猛然转向东南，于施口开阔地带注入烟波浩渺的八百里巢湖。

施口的"施"，是南淝河古名。施之以水，施与合肥洪恩大泽，就连合肥地名都是施水所赐。《水经注》载："盖夏水暴涨，施合于肥，故曰合肥。"南淝河与古称肥水的东淝河在逍遥津汇合，此地即为合肥。

世间所有河水都不会白白流淌，总在沿途养育村庄和城镇。南淝河养育了合肥。从洪荒远古流淌而来的南淝河，将一个河边荒滩上的小村庄养育成千年前的古城庐州。千年后再由中华人民共和国成立初期的5平方公里、5万人口的小城镇，养育成今天容纳千万人口的长三角国际大都市。

南淝河出江淮分水岭，悠悠流淌10公里，进入合肥西北郊董铺水库。水库当然是后来才有的。水库初始使命是防洪，将雨季里从南淝河奔腾而下野马似的洪水拦在大坝内将其驯服，待雨后天晴有序放行，一路上波澜不惊。后来水库功能拓展，成为合肥市储存饮用水的"大水缸"。再后来，董铺水库成为合肥西北角一个规模巨大的湿地公园，一个市民休闲娱乐的好去处。

西起董铺水库坝脚下的四里河，紧贴合肥老城悠然东去，这段南淝河河道，化作一道碧绿的护城河。河流护卫城市，在冷兵器时代用以防御敌人侵袭，而今主要用作水流通道。汛期过多的雨水通过城市管网进入河道，经由河道流向远方，以保城市安全度汛。

南淝河流出逍遥津后，朝东南流去。刚刚拐过弯子的南淝河左岸河坝上的坝上街，曾是合肥最繁华的集贸市场。坝上街依傍南淝河黄金水道，在古代乃至近代都是繁忙嘈杂的漕运码头、熙熙攘攘的商贾聚集地。从外地运到合肥的货物从南淝河溯流而上，在坝上街上岸发散流通各处。由合肥销往外地的货品，亦是从四面八方汇集于此，搬上木船顺南淝河水路运出去。

初识南淝河，是在20多年前。那时，我刚到合肥工作，当务之急是找到安身之所。我在合肥城里城外来回找房，转过几圈，终将目光落到合肥老城北门外南淝河一带。河边房子是水景房，站在阳台上就能看见南淝河缓缓东流。

20多年后的一天，在炎炎夏日里，我于南淝河中游岸边行走。我贴近水边，再次真真切切地观察河水。此时水面干干净净，河水清可见底，成群的小鱼在水中欢快地游来游去。一只绿衣红帽的翠鸟，蹲在不远处河边一块大石头上打盹儿。我屏声静气，生怕扰它好梦。突然间，它箭一般冲下去刺破水面，旋即飞离，嘴里叼起一条银白色的小鱼。

河水清凌凌，两岸郁葱葱，南淝河俨然一道穿城而过的美丽风景线。在合肥航拍图里，南淝河就像一条蜿蜒于城区的绿色长龙，从董铺水库坝下庐州公园开始，向东再向东南。南淝河两岸大小公园、绿地数不胜数。新开辟的南淝河码头公园，树木森森，绿草茵茵，花开四季，鸟雀翔集，游人如织，乐而忘归。如今在合肥，人们得闲便去南淝河边走走。河边环境好，两岸房子就成"香饽饽"了。

有河就有桥。城里桥梁是地标，也是独特的风景。穿越合肥市区的南淝河，究竟有多少座跨河桥梁？四里河桥、怀宁路桥、潜山路桥、长丰路桥、亳州路桥、南淝河大桥……我凭印象就能一口气数出10多座来。每建一座桥，就会平添一道令人惊艳的全新风景。尤其在夜晚，桥梁上方，那一弯华灯璀璨的弧形廓影，浮游在夜空中，恍若天上银河。

住在合肥，没少往来于市区的东西南北。忽有一日，我偶然想到，南淝河真是一条深情而专注的河流。它全长70公里，却有60公里在合肥市内。它对合肥情有独钟，从头到尾，全心全意，奉献自己全部的爱。茁壮成长的城市，一路走来也从没疏离古老的南淝河，而是将其紧紧搂拥在怀。备受城市善待的

名家笔下的老合肥

南淝河已焕发出喜人的青春活力,摇身一变成为碧波荡漾、花繁叶茂的百里画廊。

一条河成就一座城市,一座城市也成就一条河。南淝河,穿合肥城而过,涌流滔滔,不舍昼夜,走向浩浩长江,走向无边的海洋。

(本文有删减)

读与思

河流是人类文明的摇篮,一条条河流谱写出人类宏大的文明史诗。这篇文章所提到的"南淝河",被称为合肥的母亲河。北魏郦道元所著《水经注》记载:"盖夏水暴涨,施合于肥,故曰合肥。"这里的"施"是南淝河,"肥"是东淝河。两河相交,合肥因此得名。南淝河孕育了合肥,成就了合肥,它在不同时期承担着不同的功能。想一想:文中提到的这些功能的演变反映了合肥怎样的发展历程?

群文探究

1.读了罗隐的《游四顶山》和李裕的《蜀山雪霁》,请你试着借助表格分析两首诗在描写山水景色时所运用的表现手法的异同,以及各自所传达的独特情感。

诗　题		《游四顶山》	《蜀山雪霁》
表现手法	同		
	异		
情感表达			

2.这一组诗文的作者生活在不同的时代,他们对庐州山水的描写角度以及抒发的情感各不相同。你最喜欢哪一篇(首)?为什么?

3.这组诗文提到了很多具有合肥特色的山水景观,如四顶山、大蜀山、浮槎山、南淝河……你对哪一处景观最感兴趣?拿起画笔把它画下来吧!

第六章　姜夔与庐州

我家曾住赤阑桥，邻里相过不寂寥。

在历史的朦胧光影中，庐州宛如一幅徐徐展开的古卷，每一处都藏着故事。赤阑桥边，姜夔的身影若隐若现：他将情愫融入《淡黄柳》的辞章，勾勒出这座古城的别样风情；元夕的梦里，他的相思在《鹧鸪天·元夕有所梦》中无尽生长；他把送别友人的离情挂念，藏在《送范仲讷往合肥三首》中……让我们透过这些诗词，触碰姜夔与庐州交织的时光。

扫码立领
★ 名师朗读
★ 美文微课
★ 城市印象
★ 老城记忆

名家笔下的*老合肥*

淡黄柳

◎［宋］姜　夔

　　客居合肥南城赤阑桥之西，巷陌凄凉，与江左异，唯柳色夹道，依依可怜。因度此阕，以抒客怀。

　　空城①晓角②，吹入垂杨陌③。马上单衣寒恻恻④。看尽鹅黄嫩绿⑤，都是江南旧相识。　　正岑寂⑥。明朝又寒食。强携酒，小桥宅。怕梨花落尽成秋色。燕燕飞来，问春何在，唯有池塘自碧⑦。

注释

①空城:合肥曾遭金兵掠夺,人口稀少,显得萧条冷落,所以称"空城"。
②晓角:拂晓时的号角声。
③垂杨陌:柳枝轻拂的小巷。
④寒恻恻:既指身体的寒冷,也指内心的凄凉。
⑤鹅黄嫩绿:指柳树枝条上刚长出的嫩黄色、浅绿色的新芽。
⑥岑寂:寂寞。
⑦自碧:指池塘中的水独自呈现出碧绿的颜色,暗示无人欣赏,反衬出诗人的多愁善感。

读与思

读完姜夔的《淡黄柳》,你一定感触颇深。首句以"空城晓角""垂杨陌"等景象,营造出清冷孤寂的氛围。姜夔用乐景写哀情,将春日柳色与自身漂泊之感并置,尽显羁旅愁绪。"怕梨花落尽成秋色",又饱含姜夔对时光流逝的忧思。整首词情景交融,借景语诉说情语,让读者深切体会到姜夔复杂的情感,也领悟到以景衬情在诗词创作中的独特魅力。

名家笔下的老合肥

鹧鸪天·元夕有所梦

◎ [宋] 姜 夔

肥水①东流无尽期,当初不合种相思。梦中未比丹青见,暗里忽惊山鸟啼。　　春未绿,鬓先丝。人间别久不成悲。谁教岁岁红莲夜②,两处沉吟各自知。

注释

①肥水:即东淝河,亦称"淝水"。
②红莲夜:指元宵灯节。红莲指元宵夜悬挂的荷花灯。

读与思

《鹧鸪天·元夕有所梦》中的"肥水""山鸟"等意象很有特色。在姜夔的其他作品中,是否也存在类似的具有独特象征意义且反复出现的意象呢?试着搜寻一下吧。

送范仲讷往合肥三首

◎[宋]姜 夔

其一

壮志只便鞍马上,客梦①长在江淮间②。
谁能辛苦运河里,夜与商人争往还。

其二

我家曾住赤阑桥,邻里相过不寂寥。
君若到时秋已半,西风门巷柳萧萧。

其三

小帘灯火屡题诗,回首青山失后期。
未老刘郎③定重到,烦君说与故人知。

注释

①客梦:客居他乡时的梦。
②江淮间:江淮地区,这里代指合肥所在区域。
③刘郎:此处是姜夔自比,暗用古代神话传说中刘晨、阮肇入天台山采药遇仙女之事,又活用刘禹锡《再游玄都观》诗"前度刘郎今又来"之句。

名家笔下的老合肥

> **读与思**
>
> 　　《送范仲讷往合肥三首》，在情感表达上层层递进，构建出细腻深沉的脉络。第一首先回忆往昔在合肥的生活，对温馨的画面满是思念，后笔锋一转，想象萧瑟秋景，牵挂之情油然而生；第二首表达错过相聚的遗憾，以及对重游、与故人相见的期盼，情感更加深沉浓烈；第三首借合肥繁华勾起回忆，感慨年华老去、壮志难酬，将情感升华为对人生的思考与喟叹。

第六章　姜夔与庐州

赤阑桥畔忆姜夔

◎钱立青

我所住的这座城市，近些年来相当重视文化建设，特别是在挖掘历史人文资源方面，不断地延展着现代城市的文化底蕴。我每天路过的城南环城河上的桐城路桥，如今已易名为"赤阑桥"，附近的一处小阜岗边还修建了主题为"白石知音"的雕塑长廊，以纪念白石道人姜夔。

我已在此生活了十多年，却一直不曾留意南宋词人姜夔与本地有过那么一段值得人们记忆的故事，而文采飞扬的姜白石无疑给这方土地平添了诗的气息和浪漫色彩。

名家笔下的老合肥

姜夔画像（清代溥心畬绘）

姜夔，这个名字对大多数人来说应该不算陌生。这位江西鄱阳才子，属耿介清高的雅士，诗词散文、书法音乐，无不精善。中学课本上，我依稀记得其笔下《扬州慢》中的名句："二十四桥仍在，波心荡，冷月无声。念桥边红药，年年知为谁生？"词人善用艺术的通感，将不同的心理感受连缀在一起，传达无穷哀感，笔致清虚，意境空灵。

近日研读姜夔的一些经典词作，如《淡黄柳》《踏莎行》《长亭怨慢》《凄凉犯》《暗香》《疏影》《江梅引》……一首首悲情相思，一曲曲荡气回肠，读罢才知南宋时期的合肥城里有一座赤阑桥，而曾来合肥做客的年少姜白石，对其魂牵梦绕。

靖康之难后，由于宋金隔淮而治，当时地处南宋前哨的合肥城邑就显得荒凉、冷僻，了无生气。弱冠之年的姜白石寄情山水，漂泊到了庐州。客居赤阑桥西的他，深感命运渺茫黯淡，"举目悲风景"。谁料在一次宴会上，他邂逅了赤阑桥边一位精于琵琶的歌女。白石工诗词，通音律，尤长于自度曲；而歌女却是琵琶妙手，挥弹时"能拨春风"，其音如"雁啼秋水"。才子佳人相遇，怎能不一见倾心？于是，他们唤起了心中最纯真、最美好的情愫，相识相知相恋。赤阑桥自然就成了年轻的姜白石那一段美好情感的见证。

然而，南宋边城合肥，兵荒马乱，不可久留，况姜夔毕竟是江湖游士，迷醉词曲，于是有聚有别便是自然的事。许是来去不便，"人间离别易多时"，一别经年，双方音讯全无。等到姜白石再一次兴冲冲赶到合肥时，那琵琶歌女已杳如黄鹤了。坊间又有传说，言及一次合肥城被金兀术所破，姜夔时正在江西家中，得此消息，毅然赶来合肥，到赤阑桥畔探望"小桥宅中人"。虽见到了琵琶歌女，不料遭其反诘："山河破碎，大敌当前，你堂堂七尺男儿，自应投军精忠报国，为何跑来看我一歌女？"姜夔羞愧难当，遂别丽人，投奔抗金大军。不久，南宋军队在合肥东面的柘皋大败金兵，收复合肥。姜夔再回到赤阑桥畔，却见桥残楼空，琵琶歌女亦不知去向。有人说，歌女不甘屈辱，跳河自杀了。

至于琵琶歌女究竟去哪里了，两人能否再次会见，这些都不重要了，而此等没有结局的情缘却成就了一段佳话。别后20余年间，姜夔的思恋之情刻骨铭心，他将之诉诸笔端，为诗为词，字里行间，一次又一次地咀嚼回忆短暂美好的合肥情缘。无论是从沔水赴金陵的江上，还是客居无锡西门外的梁溪，姜夔都"梦思以述志"；即便在元夕灯夜，也是"梦中未比丹青见"。"合肥巷陌皆种柳，秋风夕起骚骚然。"赤阑桥畔，垂杨划水，远浦萦回，荡起姜白石一生最美的记忆。

（本文为节选）

名家笔下的老合肥

读与思

在赤阑桥南边，有一组以"白石知音"为主题的大型浮雕。这篇文章详细地讲述了"白石知音"文化的由来。我们已经熟知伯牙与子期的"高山流水"，现在又了解了白石道人姜夔与合肥歌女的深厚情谊。知音，多么美好的字眼。每个人都渴望找到真正理解自己的人。正是因为对真挚感情的向往与追求，伯牙为子期折琴，流传至今；姜夔为合肥歌女写下了一首首动人的诗词，也是一段佳话。

群文探究

1. 南宋的词人姜夔与合肥有割舍不了的情缘。其词中不少都提到了合肥，如"合肥巷陌皆种柳""肥水东流无尽期"等。庐州对于姜夔而言，不仅是一个地理名词，还是承载着情感与回忆的文化符号。他的诗词里总是提到庐州的赤阑桥、肥水，感兴趣的同学可以用自己喜欢的方式记录姜夔与庐州的独特故事。

2. 猜一猜：根据选文想象一下，当年的赤阑桥是一座什么样子的桥呢？肥水又是怎样的？它们的周围可能会有什么呢？

3. 演一演：请你试着扮演南宋时期庐州赤阑桥边的不同角色，如小商贩、书生、洗衣妇、玩耍的孩童，感受赤阑桥周边的生活氛围。

4. 找一找：试着搜寻一下赤阑桥和肥水的相关信息，以及南宋时期庐州的节日习俗、特色美食、历史故事等。

5. 读一读：读读姜夔的诗词，思考哪些词句描绘了当时庐州的生活场景和人文风情。

6. 画一画：绘制一幅姜夔在庐州的活动路线图，标注重要地点，并写下姜夔在此地留下的诗词。

第七章　庐忆巷陌

到处物华堪玩赏，长淮犹觉更芳妍。

踏入合肥巷陌，宛如跌入旧时光的画卷。瞧，那是庐州建筑的古色古香，一砖一瓦间掩映着时光的刻痕；听，那是庐州戏曲的古韵悠悠，一腔一调中尽显出文化的多样……一切都汇聚一处，歌唱着这座古城的美好，编织着这座古城的回忆。

扫码立领
★ 名师朗读
★ 美文微课
★ 城市印象
★ 老城记忆

南罍北簋

◎丁晓平

第一次到合肥，朋友告诉我，一定要去罍街转一转。说句实在话，这个"罍"字，我还是第一次见，就像当初来北京第一次见到簋街的"簋"字一样，都是先闻其声，后识其字。

不瞒你说，我是在悄悄地查了字典之后，才知道"簋"与"鬼"同音，"罍"与"雷"同音。

簋，是古代中国一种盛食物的器皿，敞口、束颈、鼓腹、双耳，也有三耳或四耳的，是重要的礼器，自商代开始出现，延续到春秋战国。罍，是古代中国一种盛酒的容器，也是礼器，小口、广肩、深腹、圈足、有盖，最早出现于商周时期，为青铜铸造，也有陶制的。从生活实际层面来看，"簋"与"罍"的用途都与饮食有关，印证了那句老话——民以食为天。

合肥有罍街，北京有簋街。一南一北，遥相呼应，仿佛是一次不期而遇的相逢，把酒桑麻，对饮而歌，天南地北，人生几何。

北京的簋街，是全国有名的美食聚集地，是来北京不可不逛的夜市，汇集了全国各地的风味美食，烟火气息十足，是京城夜生活中不可缺少的一部分。

而合肥的罍街呢？从考古学的视角来看，目前人们能够见到的罍，最早是在安徽寿县发现的，现收藏于安徽省博物馆。在安徽江淮地区，豪爽的人们把喝酒喝一个满杯叫"放一个罍子"，也叫"炸罍子"，其规矩是"三不（步）到位（胃）"——不抬头、不喘气、不留底子,喝个底朝天,一口闷了。喝三个满杯,就叫炸了三个罍子,以此类推。

"炸罍子"流行于江淮大地,也就是两人或多人放弃小杯改用大杯,碰杯之后一饮而尽,展现出安徽人热情好客、豪爽大度的为人风格和诚恳实在、豪放不羁的酒风。

与篪街不同,作为合肥著名的文化地标和网红打卡地,罍街其实并不是一条宽敞的大街,而是一个覆盖面积达六七万平方米的社会街区,包含绿地公园、创客空间、艺术家村等多个功能区。

在罍街的北端入口处,有一个金罍广场,两侧造型对称的银灰色现代建筑墙面镶嵌着"罍街"的艺术字,一左一右,十分夺目。广场中央,一尊高达7.19米的金黄色"金罍"雕塑远远地就映入眼帘。其造型是根据南端入口龙罍广场雕塑的镂空龙耳罍造型设计变形而来,共分十二瓣,如同一朵绽开的金花,对应着十二生肖,寓意众人相聚在罍街共享美好时光。而十二瓣围合一周呈现罍的造型,我想亦有安徽人"炸罍子"的含义蕴含其中。

缓步进入罍街，一组"罍酒罢兵"的人物雕像惟妙惟肖地走进你的视野，桌上摆着一大一小两个罍和几道安徽名菜，臭鳜鱼自然是少不了的。这组雕像演绎的故事，再次印证了"炸罍子"的历史渊源。

"合肥有性格，罍街很合肥。"这是罍街的标语。长久以来，处在中国地理上南北之间的合肥，城市的性格似乎模糊不清。但在罍街的街头巷尾，我们或许可以找到答案——"来合肥，逛罍街，炸罍子"，在觥筹交错、一饮而尽之间，江淮市井豪情在罍街展现得淋漓尽致。朋友告诉我，今天的合肥人在发生不愉快或者纠纷时，依然喜欢以"炸罍子"来"化干戈为玉帛"，在酒桌上握手言和。

罍街到底是什么时候建造的，目前没有确切的记载。有人说始建于明朝嘉靖年间。现代的罍街正式开街的时间是2013年7月19日。街区的建筑以青砖飞檐、雕花窗的徽派建筑为主，同时结合后工业时代的设计风格，辅以时尚元素，在古色古香中平添了几分沧桑。

漫步其间，随处可见石磨、马灯、锅灶、脸谱、缝纫机、搪瓷缸等老物件，宛如一座时光博物馆。

无论是簋街的"簋"，还是罍街的"罍"，它们都用古老而美妙的汉字和文物，将历史与现实、传统与时尚、文化与经济、生活与艺术连接在一起，将人心深处的热情和浪漫激活，也将体验和传播联动了起来，而人民对美好生活的向往，也就在这休闲娱乐之间写在了现代城市的脸上，写在了百姓的心间。

在中国的美食地图上，北京的簋街和合肥的罍街因为都有一个别具一格的名字，热热闹闹却又轻轻松松地实现了传统饮食文化与现代城市商业的融合发展，成就了舌尖上的中国，也成为"吃货的天堂"。

现在，我把它们的故事写在一起，希望读者在了解了"南罍"和"北篦"背后的历史故事之后，走进它们，寻找属于自己的人生趣味。正可谓"小巷子可容大世界，大罍子能享小时光"。

（本文有删减）

> **读与思**
>
> "罍"是一个生僻字。每一个到合肥的游客，看到这个字都会好奇地问一声："这个字读什么？它是什么意思？""炸罍子"，是在合肥流行的一种独特的饮酒文化。"炸"是碰撞、爆发的意思，"罍"是一种盛酒的青铜器。"炸罍子"，这三个铿锵有力的字连在一起，读起来就有一种英勇豪迈之气。在呼朋引伴、左吆右喝的饭桌上，"炸罍子"显得激情豪放，江湖之气油然而生，淋漓尽致地体现了合肥人的热情好客、豪爽大气。

倒七戏

◎张恨水

"倒七戏"是合肥的地方戏。为什么叫"倒七戏"呢？据当地人的解释，凡戏子出台，口里要唱七个字一句戏词。等到唱完了，掉转身来，面向台下，就要开始倒步唱七个字，这就是"倒七戏"。现在当地戏要大众化，这七个字一倒，已经没有了。不过"倒七戏"这个名词，还依然存在。这是当地人说的话，可靠与不可靠，我不知道。

我看"倒七戏"，一共看了两部：一次是《双丝络》，一次是《借罗衣》。《双丝络》是古装戏。《借罗衣》是时候短戏。就戏说，服装台步，已离京戏不远，而且十之八九，已属京戏了。台词方面，完全是合肥话，我们可以说完全懂。至于唱词，用心听，大概懂得一半。听久了，大概可以懂。至于编戏方面，当然是好。现在将本地戏从头一改，把不好的地方取消，新编的部分当然知道何去何从，所以演出来的戏，意义都是很正大的。《双丝络》写旧礼教下一位参将的小姐，很有一身武艺，爱上了一位书生，参将不许，小姐没奈何跟着书生逃跑。

《借罗衣》，只有几个人，演出来更好。大意说，女儿要回去看她母亲，许了邻居，回来有鸡吃，借了几件罗衣，又借了一匹驴子，让她小叔叔牵着。于是一路之上，演出许多笑话。回家来遇着姐姐。姐姐是个老实人，这妹妹就对姐姐足吹一气。后来母亲回来了，这女儿依旧是吹。最后她小叔叔来了，把故事揭穿。

看的人，固然是大笑不止。但这里面很有意义，做事呵，要实实在在。在舞台上，轻轻悄悄地把这话告诉了人。编戏的人，并没有说什么，看戏的人自然明白，这戏自然是编得好。至于音乐方面，也设了台下音乐场，戏剧改良后，当然好得多了。

（本文选自《京沪旅行杂志》，有改动）

读与思

合肥倒七戏，即庐剧，距今已有200多年的历史。庐剧的表演朴素而活泼、简单而真实，生动地记录了江淮地区人们的生活。《双丝络》传递了女性渴望冲破牢笼，崇尚自由的新思想。《借罗衣》则通过喜剧表演告诉观众一些做人做事的道理。随着时代的发展，庐剧也创编出了一些现代剧目，如《江姐》《程红梅》等。这些剧目在保留了一些传统唱腔的基础上，也融入了现代的音乐元素，受到了年轻观众的喜欢。庐剧这一项国家级非物质文化遗产得到了传承和发扬。

庐 剧

◎胡竹峰

庐剧，旧称"倒七戏"，俗称"小倒戏"。旧称由来无考，因其盛行于安徽省的皖中地区，此地古属庐州，一九四九年后定名为庐剧。

民间的说法，小倒戏、倒七戏是倒七倒八，难登大雅之堂的意思。张恨水先生说，出台要唱七个字为一句戏词，唱完了，掉转身来，面向台下，开始倒步唱七个字，所以叫"倒七戏"。

庐剧是劳动人家的民歌戏，反映着日出日落的喜怒哀乐。山水间的俚歌就是山水间的流水，高亢而激越，沿着山道流淌，蓦然回来，挥挥洒洒出了山，向远方而去，向平原而去。

庐剧分皖西、皖中和皖东三路，艺术特色稍有不同。西路唱腔高亢，假声较多，称为"山腔"；东路婉转抒情，称为"水腔"；中路明快朴实，介乎西、东两路之间。庐剧唱腔不断用假声，称作"小嗓子"。

庐剧的表演朴素而活泼，打击乐却丰富，几乎是一戏一套锣鼓，身段舞蹈吸收民间花鼓灯、旱船舞等形式。唱腔来自古庐州门歌、秧歌、莲花落、搭汗巾等民间小调，还有大别山山歌与巢湖渔歌。落板时常用帮腔，满台齐唱，称为"吆台"。当舞台上的演员唱到特定的桥段时，一众演员齐声帮唱，高亢辽阔，烘托剧情，增强舞台气氛，风格明朗。

过去庐剧演员身兼数角，未形成固定的角色体制。艺人轮番替换，还要兼打锣鼓，所谓三打七唱。演出时由三个人手执打击乐器伴奏兼帮腔，七人登场演唱。庐剧从前无女艺人，旦角多由年轻稚嫩、嗓音甜脆的少年男子扮演。班社开始进入城市，剧目不断丰富，角色行当也相应增多，分为花旦、小生、青衣、老旦、老生、小丑六行。

最初，庐剧演唱不用胡琴，全是锣鼓伴奏，称之为"大小过台"。因为太单调，有人尝试着在演唱时用胡琴伴奏，效果更好。

庐剧是村戏，又名"板凳戏"。两人清唱，一人伴奏，敲敲打打。男演员扮演老生、须生、小生、娃娃生之类，女演员演老旦、青衣、花旦、彩旦、闺门旦之类。

京剧音调铿锵，黄梅韵味清甜，花鼓嘹亮清脆，庐剧流转婉然。不同于黄梅戏的优柔清丽，庐剧在起源之时就与如泣如诉的寒腔结下不解之缘，既有生的悲凉，又有活的跌宕。寒腔类似哭音，与欢音相反，善于表现悲凉、哀愁的情绪，以哭板相伴，唱法稍快，一个字追着一个字。有人说庐剧像诗里的绝句、散文中的小品。

民间传说在沙皇尼古拉二世加冕礼上，李鸿章唱了一首家乡小曲，也就是后来的庐剧。在各国使节注视中，李鸿章霍然站起，清了清嗓子，用他沙哑的嗓子唱庐剧小调，高亢、苍凉又很悠扬，全场一片寂静。唱完后，掌声不断。事情不必当真，道理情有可原，其中自有传奇。

李鸿章日常总是忙忙碌碌的样子，起早摸黑，东奔西走，迎来送往，像大海里的一片孤帆，疲惫地远游，做着帝国裱糊匠。庙堂之上的李鸿章，人人羡慕他得享高位，实则不过是一只风筝——一只被权力的长线紧密地连着朝廷的风筝，一只被思念的长线紧密地连着家乡的风筝。人总是"眷怀家国，未尝一日忘"，

名家笔下的老合肥

所以"意郁郁不欢，恒思归耕故乡，卜居于莫厘、邓尉之间，筑三椽之屋，拓五亩之园，藏书数万卷，买田一二顷，徜徉诵读其中，优游卒岁，以没吾齿"。

庐州有人任上海道台，每年母亲做寿，老太太的要求是看一回家乡小戏，这小戏就是后来的庐剧。

离乡多年，独在异地的李鸿章偶尔也会想起老家吧。岁月一天天过去，有时候突然觉得苦了累了，也会不由自主地想起老家，想起乡音，想起地方戏。大概是戏文朴素，能慰藉乡愁。乡愁从来不论贵贱，无关年龄。

（本文为节选）

读与思

作为国家级非物质文化遗产的庐剧，以风格明朗的唱腔、朴素活泼的表演演绎着独属庐州人民的生活百态与悲欢离合。一幕庐剧毕，人们看到的是中国戏剧的蓬勃色彩，游子涌上心头的是乡愁与眷恋。让我们去听一听、赏一赏庐剧，感受其韵味吧！

豁牙巴

◎合肥童谣

豁牙巴，
偷南瓜，
一偷偷到丈母奶奶家。
丈母奶奶没看见，
一脚踩着"刺啦啦"。

读与思

　　这首合肥童谣，语言简单却充满生活气息，展示了一个顽皮的豁牙小孩儿偷南瓜的有趣场景，以幽默风趣的形式引发了我们对生活的无限遐想。"丈母奶奶没看见，一脚踩着'刺啦啦'"这一句，通过生动的声音描绘，让我们几乎能听到那个瞬间的微妙声响。这种声音的细节不仅增添了童谣的趣味性，也将童年的快乐与探索精神具象化，营造出一种生活的跳跃感。同时，这种简单直接的表达方式，也让人感受到童谣的传统魅力，恰如浓浓的家乡味道。

　　无论是形象描绘孩童掉牙后的"豁牙巴"，还是饶有文化意味的"丈母奶奶"，都在向我们彰显着合肥人的生活趣味与人生智慧，欢快而有趣。

群文探究

1. 方言给予了合肥谚语、歌谣蓬勃的活力。在庐剧的演出中，方言的使用也成为一大亮点。简单学一学合肥的方言，再去听一听庐剧，读一读合肥的谚语、歌谣，相信你会感受到不一样的风采。你知道下面这些合肥方言是什么意思吗？赶快来连一连。

排场　　　　有趣、好玩

不得手　　　厉害

过劲　　　　小孩

得味　　　　场面大而热烈

伢们　　　　没时间

2. 每座城市都有自己的古老街巷，经历过风花雪月，见证过繁华苍凉，沐浴过时代风雨。一条老街，一段历史，留不住的旧时光在这里停下了脚步。合肥的这些古巷老街里都藏着怎样的故事呢？你可以去查一查，走一走。

梨花巷：_____

四古巷：_____

姑娘巷：_____

操兵巷：_____

第八章　合肥食光

传奇合肥菜，故事一箩筐。

  合肥，从庐州古城发展到现在，美食文化源远流长。这里汇聚了江淮大地的风味精华：庐州烤鸭皮脆肉嫩，吴山贡鹅鲜美咸香，更有肥西老母鸡汤鲜香四溢，让人回味无穷。每一口美食，不仅仅是味蕾的享受，更是历史的传承与文化的积淀。让我们一同走进合肥的美食世界，倾听舌尖传来的传奇故事。

扫码立领
★ 名师朗读
★ 美文微课
★ 城市印象
★ 老城记忆

名家笔下的老合肥

合肥菜赋

◎裴章传

古今合肥，史脉恒昌。沃野春常驻，五谷储满仓。三国故里美食多，江淮佳肴四海扬。锅碗瓢盆乾坤大，烹调生活日月香。

吃在合肥，珍馐家常。饮食一脉，远古启航。袭叶为衣，果食为粮。有巢氏以石制刀，取火种，造陶鬲（lì），以水烹，众推广。烩捣鲊（zhǎ），出菜香。腌焖煎，入口爽。始为合肥菜，雄起在城乡。唐风宋雨共呼应，风物滋润历沧桑。炒熘炸爆一技在手，煨煮蒸卤民间首创。邀亲朋以家宴，举杯盏以欢畅。石径短桥通幽处，食客星驰烹饪忙。枫林湖畔风横笛，十里长街酒旗扬。千年合肥菜，上接楚鼎可炖兽，下接当今涮牛羊。技传百代，赫赫煌煌。

八百里巢湖润物，五千年淝水滋养。传奇合肥菜，故事一箩筐。吴山水草肥美，白鹅骨里透香。中药几十味，文火煨老汤。行密攻庐州，卤鹅贡吴王。吴王悦，贡鹅响。曹操鸡，上战场，医病痛，孙吴慌。包河盛产包公鱼，骨酥肉嫩口生香。无丝藕，皇帝赏。廉泉水，促生长。毛公来合肥，食之大夸奖。庄墓圆子技艺绝，曾作御膳奉楚王。楚王嫁女他乡去，又把圆子当嫁妆。幼年洪武，乞讨在乡。讨得豆腐，食之难忘。洪武豆腐，大明开创。最美下塘白斩鸡，三代名厨藏秘方。狮子头，鱼咬羊；老乡鸡，麻鸭汤；爆龙虾，烧大肠。庐州烤鸭故事多，大杂烩来自李中堂……史载合肥菜，拙笔难言详。

第八章　合肥食光

今朝合肥菜，更新显万象。食不厌精工艺绝，脍不厌细惊四方。油盐酱醋，皆有文章。切拍雕剁，疾风浩荡。品一菜可见刀工不易，举一筷能把五味品尝。刀刻镂空八骏图，拼山绘海悬月亮。炒一菜如同下象棋，烹大菜恰似治一方。纤微细妙锅上功，心中江山在厨房。

美哉合肥菜，或采大圩之果，或取城东之粮；或用岱河之鱼，或捕紫蓬山羊；肥西六畜为补，长丰五谷为养，庐江田菜为供，巢湖野珍为上。噫嘻！美味合肥。食材取本土之便，烹艺承史传秘藏。时蔬成美味，海鲜为时尚。荤素巧搭配，土菜挑大梁。一桌荟萃，博采众长。文脉一线牵，四海皆共享。

（本文为节选）

读与思

作者通过生动的描绘，将读者带入一个充满烟火气的合肥美食世界。他巧妙地将合肥菜的历史渊源、制作工艺、食材选择等方面融入其中，使得整篇文章既具有深厚的历史文化底蕴，又不失现代感和时尚感。读完这篇文章，你对合肥菜有了哪些新的认识和了解？

名家笔下的老合肥

美食为重

◎钱红丽

自古先民皆贯彻"食色,性也"这一主张,这一脉传承下来,一直没断气。

还得从冬季说起——每到三九,合肥菜场仿佛敲起了锣鼓,一派繁华景象。概因合肥人无比热衷于腌制咸货,尤以腌制腊肠为重。灌香肠机器前,人山人海,昼夜不绝。家家户户阳台上挂着的并非棉衣寒被,而是热烈猩红的腊肠,根根排排阵势浩大。此地身处中原,风急怒号,大约月把时间,蔚然可观的香肠便风干了,寒冬下饭菜非香肠莫属。合肥人尚且不自足,不忘腌制咸鱼、咸鸡、咸鸭、咸鹅——但凡水产、牲畜,合肥人都爱拿来腌一腌,比如捆蹄,拿麻绳将新鲜猪蹄扎紧,佐以重盐腌制几日,风干蒸熟,于舌上涅槃,别有沁香灵魂。人们尤爱咸鸭,剁成块儿,杂以黄豆干蒸,所谓一家蒸鸭三家香,滋味无限。据说合肥老辈人过年,大多卤一大铁锅咸货了事,卤水里翻腾的正是腌制的鸡、鸭、鹅、猪蹄、鸭胗(zhēn)、鹅胗、猪肝、猪肚。还有鸭脚包,是将鸭肠绕紧鸭脚,腌制风干蒸熟,拿在手里慢慢品咂,可消永夜。

平常日子,或许食欲寡淡,吃什么都提不上味。这个时候,老合肥人想起该做一道下饭菜了。食材依然离不开牲畜,工序也离不开腌制——普通米粉肉重盐腌制几日,晒干。蒸出来的咸米粉肉,其香其润,那可要把新鲜的米粉肉甩出几条街远,尤其肥肉部分,呈透明状,"滋滋"滴油,肥而不腻,足可多扒一碗饭。

饭罢万事足,再睡个长长的午觉——眼看日落西山,不如去环城河边走几圈——家常的烟火人间,家常的合肥,家常的中国,把生活永远过成抒情的日不落。

隶属于合肥周边的几个县,更是佳肴美食深藏之地。长丰县下塘集镇的烧饼是一绝。泥糊的迷你版炉灶内,炭火熊熊,炉壁上贴着猪肉馅的大白面饼,五六分钟即熟,铁铲揭下,拿在手上左右换,咬一口,白芝麻便抖着落下。恰巧边上蹲着一家星巴克,索性坐进去。一口咖啡就一口下塘集烧饼,中西交汇,把胃搞得妥切安稳——一饱百了,世事安稳,岁月静好。

烧饼作为小吃,可作为平常消闲的替代品。要数上筳席的,还得派上吴山贡鹅——顾名思义,莫非是吴山镇老百姓古时进贡吴王的大白鹅?长丰县吴山镇这个地方的大白鹅品质优良,出品的卤鹅曾被皇帝封为佳品。合肥城区卖吴山贡鹅最正宗的要数芜湖路上那家,每次去买都排队。那么长的队伍,那么多张嘴,就为了一只华丽大白鹅。它光溜溜地躺在砧板上,被师傅迅速肢解,鹅身子论斤卖,鹅头论只卖,鹅胗论个卖——贵呀,但贵也要吃,吃个鲜灵。

合肥城区至今还流行生产四大名点——寸金、白切、烘糕、麻饼。合肥人平素似乎不吃,留备送客之用。各大超市食品专柜和合肥机场礼品专柜前,尚可一睹包装精良的合肥四大名点的风采。偶或,它们被拎在过客手里,那是要飞上千里万里,到达一个应该到达的地方,郑重交到亲爱的人手里的。

每一座城市都有它独有的味道,合肥也不例外。

除了饮食文化的重口味以外,最能体现合肥整体气质的,要数西南郊政务区,一个名曰"天鹅湖"的湖泊坐落于此。水是城

名家笔下的老合肥

市的眼睛。一座城有了水，才会灵动毓秀。天鹅湖湖水碧蓝清澈，见湖如见初心。初夏，湖西有高大的苦楝，枝头密布紫色细花，一串串在大风里相互致意。苦楝花，仿佛代表着一切不可得的完美，也是一场抵达不了的梦境，开在遥不可及的高地，埋伏着紫色的不可见底的深渊。

合肥，何尝不是外地陌生人的一场紫色梦境？！

(选自《合肥，合肥》)

读与思

《美食为重》以腌制咸货、下塘集烧饼、吴山贡鹅等美食为线索，串联起合肥的市井生活、地域文化，展现了一个丰富多彩、充满烟火气的合肥。读了这篇文章，你对合肥的哪道美食情有独钟？说说你的理由。

寻味合肥

◎张 健

合肥美食以酱香和咸鲜为主。咸鸭的干香和黄豆独特的味道融合在一起，是大多数合肥人挥之不去的童年记忆。

初春时节，选取晒干的咸鸭，切成细小的方块儿，与已经浸泡了10个小时的黄豆一起放入锅中，配上大蒜、生姜、干辣椒、八角，加水大火烧开，小火慢炖。黄豆在高温下膨胀，姜片、八角将咸鸭中的腥味儿慢慢去除，鸭肉的咸鲜随着时间一点一点渗入糯软的黄豆中，满屋香气四溢。吸收了大量水分的鸭肉细腻且富有韧性。咸鲜的黄豆入口即化，刺激着味蕾。黄澄澄的鸭汤拿来拌饭，更是一种美味。

小时候，每到逢年过节或家有来客，桌上必有一盘切好的咸鸭，油光锃亮，香味扑鼻，闻着就食欲大增。或是一盘咸鸭子烀黄豆，或是一盘咸鸭子烀花生，花生或黄豆充分吸入了咸鸭的油脂与香味，是下酒的一道绝妙搭配。

后来我上学住校了，每周只能回家一次，偶尔也会去外婆家。外婆都会在我返校前的那个上午忙忙碌碌，挑选一只自己腌制的咸鸭，又是剁又是切。有时家里还缺点佐料，外婆就匆匆跑去菜市场寻找。临行前，还带着余温的满满一大玻璃瓶的咸鸭子烀黄豆就被塞到我的手上。外婆又从手帕包着的纸币中抽出几张递给我，生怕我在学校生活上受委屈。

上公交车的时候，外婆边挥手边和我打招呼："咸鸭子一次

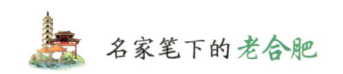

别吃多，会咸。和其他菜放一块儿吃，听到了没？"

车行渐远，夕阳下，外婆的身影越来越小，最终不见。

而到了学校，很快，来自全国各地长期住校的同学们就解决了外婆的担忧。晚自习前，一大瓶咸鸭子炸黄豆被慕名而来的不同寝室的同学争着抢着消灭得一干二净，就连玻璃瓶都用开水冲得干干净净——这水被他们当汤喝了。大家揉着肚子哈哈大笑，非常满意。几十年后的同学聚会上，咸鸭子炸黄豆依然是记忆里挥之不去的美味。

还有一个菜，合肥方言叫"干渣肉"，就是干的粉蒸肉，也有人称它"大鲊肉"的。合肥拱辰街的四湾干渣肉一向名声在外。它选用上好的猪肉，抹上盐、酱油等腌渍，然后裹上自制的米粉，在太阳下晾晒两天就制成了酥而爽口、肥而不腻的干渣肉。

干渣肉的选材有讲究，猪肉采用的是上好的五花肉，条理清楚，分层明确，去除多余的肥肉，以免影响口感。备好的猪肉需要改刀成1厘米左右的厚度，才会在烤制的时候收味易熟，不至于缩成一张薄片，同时也能保证它的口感。

制作粉蒸肉的时候需要对猪肉进行码味，既可以去除一点腥味，也能让粉蒸肉更加入味。干渣肉同样需要这样的工序，除了第一次酱料的码味，还需要一次米粉的裹制。米粉是用小米磨成粉后混入大料的秘方，让干渣肉吃起来更加香浓，回味无穷。

有朋友自幼喜爱厨艺，少年时遍访徽菜名厨，虚心拜师学艺，居然融会贯通，名震一方。有一次喝酒，他和我说了一个故事。

一次家中来人，请他去北京为一位老领导上门去做菜。

老人的老家是合肥。可能是想念故乡的味道，老人就喜欢吃一口干渣肉。或许是地域不同吧，外地人做出来的菜不仅口感不好，还油腻得很。保健医生看了，为了他的身体健康，建议他不再食用。

老人是德高望重之人，整日操劳，虽有些失望倒也淡然。于是，朋友受了家乡父老所托，登门为老人做一次家乡正宗的干渣肉。香喷喷的干渣肉做成后，切成薄薄小片上桌，老人吃得赞不绝口。为了能多吃一块，他竟然像小孩儿一样和夫人、保健医生讨价还价半天。

朋友绘声绘色描述的那个画面，令人忍俊不禁。

童年的味道，流年的记忆，或许才是美食的精髓吧！

读与思

随着时光的流逝，许多记忆中的味道逐渐模糊，但合肥的美食却如同烙印一般，深深地刻在作者的心中。于是，他提笔写下这篇文章，用文字记录下那些令人难以忘怀的美味，以及与之相关的温馨故事。从咸鸭子烀黄豆的香气四溢，到干渣肉的酥而爽口、肥而不腻，每一道美食都被他描绘得淋漓尽致。你的回忆里有这样的家乡美食吗？

味至浓时即家乡

◎文 贞

"民以食为天,食以味为先。"在长江以北、巢湖之滨,拥有"淮右襟喉,江南唇齿"的合肥市,古时被称为庐州。一道道人间美味,一段段庐州清欢,演绎在这座历史悠久的文化古城里。餐桌上承载的远不止一日三餐。千百年来,勤劳质朴的家乡人,用智慧与自然美食契约,刀板正香,烟火味浓。御笔黄鳝、金钱鳖、庐州烤鸭、李鸿章大杂烩、三河虾糊、千张蒸鸭子、肥西老母鸡、泥鳅挂面……一道道色香味俱全的佳肴呈现在我们的餐桌上,个中人间美味不言而喻!

庐州烤鸭

出品美食的"老字号",最能代表一个地区的特色。"庐州烤鸭""陶永祥""刘鸿盛",还有消失在时间长河中的"淮上酒家""张顺兴"……刺激着一代代人的味蕾,记录着城市的变迁。在某种程度上,它们反映着一座城市的底蕴和文化。

相传,庐州烤鸭曾是宫廷御膳美食,别有一番风味!出炉的烤鸭香气浓郁,鸭皮为橙红色,鸭肉略带粉色,皮脆肉嫩,肥而不腻,瘦而不柴,是一道脍炙人口的合肥传统名菜。

庐州烤鸭使用极具特色的焖炉。炉子外形像一口大水缸,缸口朝下,缸底朝上,在缸底打洞,洞上卡着铁钩,缸内烧上果木炭。

把鸭子清洗干净，不开膛，只在鸭身开个小洞，把鸭内脏取出来，再塞点香菇，最后把小洞封好，就可以把鸭子挂在火上烤了。

小时候，只有在过年或家中办宴席时才能吃到烤鸭。1982年，24岁的大姐与26岁的大姐夫结婚了，家里喜气洋洋，宾朋满座，非常热闹。那时普通人家办喜事摆宴席不去酒店，都是请来厨师和家人搭配操作。大姐为家中长女，父母比较重视。母亲和父亲不仅邀请了亲戚，还邀请了父亲的同事、姐姐的闺密等。酒席按12桌准备。母亲提前两三天就请来厨师购买食材。那时办宴席以10盘为标准，寓意十全十美，有鸡、鸭、鱼、肉、蛋、圆子、炒菜等。父亲特地买了12只肥硕的庐州烤鸭，作为特色菜招待客人。烤鸭在那个年代属于稀罕菜。刚把烤鸭端上桌，客人们不约而同把筷子伸向烤鸭，你一筷，他一筷，筷子在盘中飞舞，眨眼之间，一盘烤鸭就见底了。不知谁说了一句："哪怕再来两三盘烤鸭，我都能吃完。烤鸭真好吃！"烤鸭算不上山珍海味，却给客人们带来味觉上的新鲜感、视觉上的满足感。在40年前的家乡生活状态下，能吃到烤鸭是一种难得的体验。

庐州烤鸭，飘香在一代又一代合肥人家的餐桌上，保藏着"老合肥"温暖的乡愁。

泥鳅挂面

巢湖是当之无愧的"鱼米之乡"。这里风调雨顺，季候分明，仿佛天生就是人杰地灵的"聚宝盆"。巧妇的门前满是鱼虾地鲜，成就盘中美味便水到渠成。

泥鳅，肉质鲜美，营养丰富，被人们誉为"水中人参"，民间更有"天上斑鸠，河里泥鳅"的美誉。泥鳅挂面更是一道富含家乡风味的"土菜"。

春天的夜晚，油菜花开，清香四溢；月光皎洁，繁星点点；春风得意，蛙声四起。在野外"扎"泥鳅是孩童时期的一件乐事。

在我童年的记忆中，春天有水草的地方鱼虾特别多。哥哥常常同街上的小伙伴们背着竹笼去老堰坝捕鱼。归来时，哥哥总是满脸喜悦，因为他捕捉的鱼最多。哥哥还喜欢"扎"泥鳅。他自制了"扎"泥鳅的工具：买来一包大号的缝衣针，放在火上烧红，烫插在旧塑料牙刷头上，然后将布满缝衣针的牙刷头固定在一根竹竿头上。每到月明星稀的夜晚，哥哥和小伙伴们就跑出去"打野"（方言：扎泥鳅，套黄鳝）。他们手中各持一把手电筒，蹑手蹑脚地在田埂上游走着，观察着。只要发现泥鳅在清澈的水田里游弋，他们便将手电筒光聚集到泥鳅的身上，泥鳅被惊吓后便一动不动。他们抓住时机，眼疾手快，对准泥鳅猛"扎"一下，滑溜溜的泥鳅就被"俘虏"了。有时运气好，他们一晚上能"扎"到三四斤泥鳅。那时我年龄尚小，跟在哥哥后面，亲眼看过"扎"泥鳅的过程。他们时常弄得衣衫湿透，腿脚裹满泥巴，仍乐此不疲。

"扎"回来的泥鳅被倒进桶里，用清水养着，次日清洗。将新鲜的泥鳅去头、去内脏，洗干净放到煮开的水里焯一下，去掉表面的黏液，捞起用冷水淋一下。把锅烧热放油，把干辣椒、姜片、葱丝炸香后，放入泥鳅，放入适量的料酒去腥，再放入适量的辣椒酱、酱油起鲜，翻炒均匀后，多加些清水，浸过泥鳅，煮10分钟左右，再放入适量猪油，下入当地手工挂面，也不需要放盐。等挂面煮熟了，将泥鳅挂面捞到碗里，每碗上面放一小撮香菜末儿和香葱末儿。泥鳅挂面散发出来的鲜香混合着香菜、香葱的清香，更加浓香四溢。一家老小围坐在一起，吃着热气腾腾的泥鳅挂面，满口细软鲜香，非常幸福。

"味至浓时即家乡"，梁实秋先生如是说。家乡，无论在谁心里，都是最温暖的地方。品尝家乡的美食，无论哪一样，都有自己的特色，都有最熟悉的味道，令人回味绵长！

（本文有删减）

> **读与思**
>
> 从庐州烤鸭的皮脆肉嫩，到泥鳅挂面的鲜香可口，每一道美食都被作者描绘得淋漓尽致。同时，作者还巧妙地融入了家乡的历史文化与风土人情，使得这篇文章不仅是一篇美食介绍，更是一篇充满情感与温度的优美散文。

群文探究

1.饮食和文化,往往呈现出千丝万缕的密切联系。读了这一组文章,请你说一说你心中最具合肥特色的饮食文化,并试着分析这些饮食文化形成的原因。

2.每种合肥传统美食的背后都有着令人回味无穷的故事。你还知道哪些合肥美食?这些美食背后又蕴藏着怎样的温情故事呢?

研学活动：探寻合肥名人故里

合肥历史悠久，名人辈出，有"包拯故里""淮军摇篮"之称，如今是国家科技创新型试点城市。南宋包拯、清朝李鸿章、著名物理学家杨振宁是合肥杰出人物的代表。

研学路线：包公园（含包公祠、包公墓、清风阁等景点）—李鸿章故居—杨振宁旧居（肥西三河）—安徽名人馆

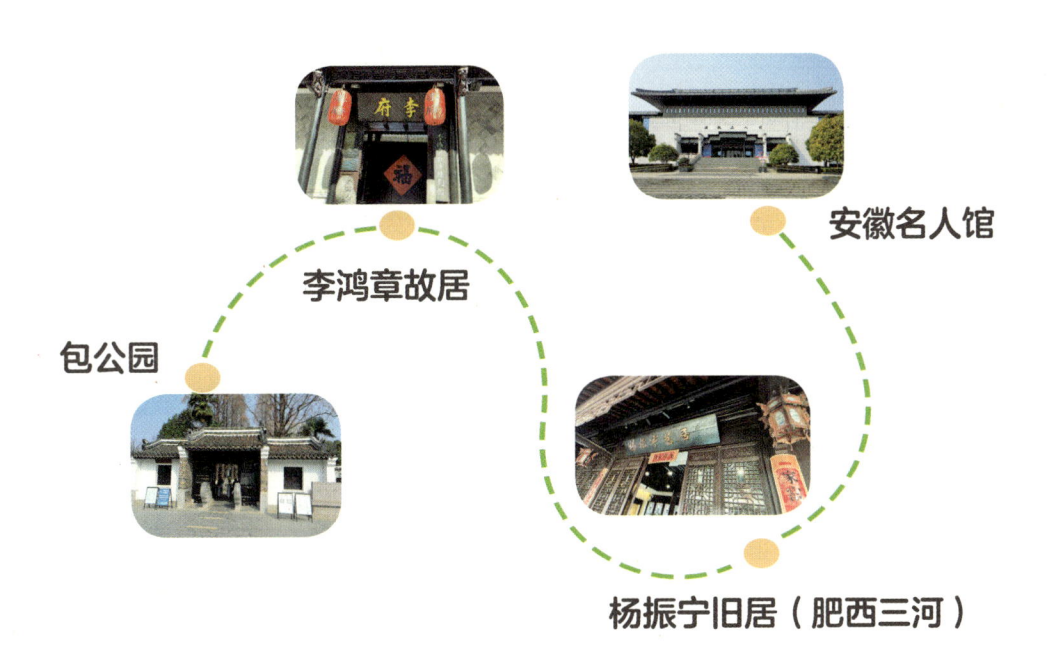

安徽名人馆

李鸿章故居

包公园

杨振宁旧居（肥西三河）

113

名家笔下的*老合肥*

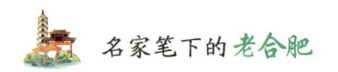

研学主题一：闻听包公故事，品读廉洁文化

研学因由：包公祠和包公墓位于合肥包公园，是合肥著名景区之一。其建造是为了纪念包拯，该园有着深厚的文化背景和历史渊源。在游览中，听一听包拯清廉律己的故事，深刻认识廉洁文化。

研学活动：依次参观包孝肃公祠、廉泉井、包公历史文化长廊、包公故事蜡像馆、包孝肃公墓园、清风阁、浮庄。在参观中，了解包拯的生平及包公祠的来历，记录《铡美案》《打龙袍》等经典包公故事，知道包拯是一位不畏强权、公正廉明、爱民如子的好官。

廉泉井的传说：_____
_____
_____

铡美案的故事：_____
_____
_____

打龙袍的故事：_____
_____
_____

研学主题二：参观李府建筑，凭吊历史风云

研学因由：李鸿章故居又称李氏家族旧宅，是晚清代表性江淮民居建筑。参观李鸿章故居，深刻感受近代中国历史风云，体会中国人在逆境中不断救亡图存、实现国家强大的不屈精神。

研学活动：了解李鸿章的生平，参观"李鸿章墨宝""李鸿章与招商局""淮军与近代国防"等展厅的信札、手稿、官服等珍贵文物和历史文献，写下你对李鸿章以及近代中国的感想。

_____

_____

_____

_____

研学主题三：探访先生旧居，领略古镇美景

研学因由：杨振宁旧居位于合肥市肥西县三河古镇，是一座具有明清时期建筑风格的民间宅院。这里陈列着杨振宁先生的图片与实物资料，记录了他从少年求学到青年获奖，再到留学科研、回归故里的奋斗历程。

研学活动：走入"一人巷"，参观杨振宁旧居；体验三河古镇的传统手工艺，如剪纸、糖画、木雕、羽扇制作等，感受传统工艺的精湛；漫步三河古镇的传统美食街，通过品尝和调研，了解古镇美食的独特魅力。

研学活动：探寻合肥名人故里

三河文创

三河米饺

三河糕点

三河米酒

研学主题四：瞻仰江淮名人，探索人文印记

研学因由： 参观安徽名人馆，了解江淮历史名人的生平事迹，从而感受他们为社会、为人民所做出的巨大贡献，激发成才之志及对家乡的热爱之情。

研学活动： 按照历史的时间顺序，依次参观有巢氏、姜子牙、曹操、包拯、朱元璋、李鸿章、陈独秀、杨振宁等历史名人的展区。参观结束后，写下你从这些名人身上学到的品质和精神吧。

_____
_____
_____
_____